정선육방옹시집 2
精選陸放翁詩集

An Anthology of Lu You' Poems

지은이

육유 陸游, 1125~1209

남송(南宋)의 시인으로, 자(字)는 무관(務觀)이고 호(號)는 방옹(放翁)이며 월주(越州) 산음(山陰, 지금의 절강성(浙江省) 소흥시(紹興市)) 사람이다.

이른바 남송사대가(南宋四大家)의 한 사람으로서 남송의 시단을 대표하는 시인이자, 평생 일만 수에 달하는 시와 우국의 열정으로 가득한 시편으로 인해 중국 최다 작가이자 대표적인 우국 시인으로서의 명성을 지니고 있다. 풍부한 문학적 소양과 방대한 지식, 부단하고 성실한 창작 태도 등을 바탕으로 시집『검남시고(劍南詩稿)』85권 외에『위남문집(渭南文集)』50권,『남당서(南唐書)』18권,『노학암필기(老學庵筆記)』10권,『가세구문(家世舊聞)』등 시와 산문, 역사 방면에 있어서도 많은 저작들을 남기고 있다.

옮긴이

주기평 朱基平, Ju Gi-Pyeong

호(號)는 벽송(碧松)이다. 서울대학교 중어중문학과를 졸업하고 같은 대학원에서 문학석사, 문학박사 학위를 취득하였다. 서울대학교 규장각한국학연구원의 책임 연구원과 서울대학교 인문학연구원의 객원 연구원을 역임하였으며, 현재 서울대와 서울시립대 등에서 강의하고 있다.

주요 저서로『육유시가연구』,『조선 후기 유서와 지식의 계보학』(공저), 역서로『향렴집』,『천가시』,『육유사』,『육유시선』,『잠삼시선』,『고적시선』,『왕창령시선』,『당시삼백수』(공역),『송시화고』(공역),『악부시집·청상곡사』(공역) 등이 있다.

정선육방옹시집 2

초판인쇄 2023년 6월 15일 **초판발행** 2023년 6월 25일

지은이 육유 **옮긴이** 주기평 **펴낸이** 박성모 **펴낸곳** 소명출판 **출판등록** 제1998-000017호

주소 서울시 서초구 사임당로14길 15 서광빌딩 2층

전화 02-585-7840 **팩스** 02-585-7848

전자우편 somyungbooks@daum.net **홈페이지** www.somyong.co.kr

값 31,000원 ⓒ 주기평, 2023

ISBN 979-11-5905-805-9 94820

ISBN 979-11-5905-803-5 (전4권)

이 저서는 2019년 대한민국 교육부와 한국연구재단의 지원을 받아 수행된 연구임 (NRF-2019S1A5A7068701)

한국연구재단
학술명저번역총서

정선육방옹시집 2

精選陸放翁詩集

An Anthology of Lu You' Poems

육유 저
주기평 역

일러두기

1. 이 책의 원문은 『정선육방옹시집(精選陸放翁詩集)』(상해고적출판사, 1922)을 저본으로 하였으며 모진(毛晉)의 급고각(汲古閣) 본 『검남시고(劍南詩稿)』와 전중련(錢仲聯)의 『검남시고교주(劍南詩稿校注)』를 참고 자료로 하였다.

2. 주석의 표제음은 두음 법칙을 적용하여 표기하였으며, 한 글자인 경우 이를 적용하지 않고 원음을 표기하였다.

3. 이 책에 사용된 부호는 다음과 같다.

   『 』: 서명.

   「 」: 편명 또는 작품명.

   ( ) : 한자 병기 및 인용문의 원문.

   [ ] : 한글 표기와 한자 표기의 음이 다른 경우.

   " " : 인용문.

   ' ' : 강조.

역자 서문

『정선육방옹시집精選陸放翁詩集』은 현전 육유 시선집 중 가장 이른 시기에 편찬된 것으로, 남송南宋 나의羅椅가 편찬한 『간곡정선육방옹시집澗谷精選陸放翁詩集』10권과 남송南宋 유진옹劉辰翁이 편찬한 『수계정선육방옹시집須溪精選陸放翁詩集』8권 및 명明 유경인劉景寅이 편찬한 『육방옹시별집陸放翁詩別集』1권의 합본으로 이루어져 있다. 여기에 수록된 작품 수는 총687수이다.

『간곡』에는 시체詩體에 따라 고시 39수, 7언 율시 159수, 7언 절구 61수, 5언 율시 33수, 5언 절구 3수 등 총295수가 수록되어 있으며, 『수계』에는 『간곡』의 체제를 따라 고시 93수, 7언 율시 44수, 7언 절구 62수, 5언 율시 18수, 5언 절구 3수 등 총220수가 수록되어 있다. 『별집』은 원元 방회方回가 편찬한 『영규율수瀛奎律髓』에 수록된 육유의 시 중에서 『간곡』 및 『수계』에 선록된 것과 중복된 것을 제외하고 따로 보충한 것으로, 5언 율시와 7언 율시 총172수가 수록되어 있다.

육유의 시전집은 명대까지도 아직 완정한 간본이 없이 필사본으로만 전해지고 있다가, 명대 모진毛晉, 1599~1659의 급고각汲古閣에서 시전집 『검남시고劍南詩稿』가 간행되어 오늘날까지 전하고 있다. 『정선육방옹시집』은 『검남시고』보다 백여 년 전에 간행된 것으로, 남송南宋의 나의羅椅와 유진옹劉辰翁 및 명明 유경인劉景寅이 편찬한 개별 선집을 하나로 엮어 각각 전집, 후집, 별집으로 구분하여 간행한 것이다. 이 책은 육유의 시전집이 나오기 이전에 육유의 시를 보존하고 유통시키는 데 커다란 기여를 했을 뿐 아니라, 비평가의 관점에서 적절한 평점과 평어를 병기함으로써 육유시의 전모를 잘 드러내 보여주고 있는 대표적인 시선집이라 할 수 있다.

이 책은 선록된 시가의 구성면에 있어 육유시의 서로 다른 풍격을 살펴볼 수 있는 매우 유용한 선집이다. 『간곡』에는 육유의 시 중에서 청신하고 맑은 감성을 노래한 시가나 자연의 풍광을 노래한 산수시 등이 수록된 반면, 『수계』에는 침략당한 나라를 애통해하는 비분강개한 감정과 강한 투쟁 정신을 표출하는 애국주의 정신을 담고 있는 시가들이 많다. 이러한 두 가지 풍격은 전종서錢鍾書가 『송시선주宋詩選注』에서 "육유의 작품에는 두 가지 측면이 있다. 하나는 비분과 격앙에 찬 감정으로 나라를 위해 설욕하고 잃어버린 국토를 찾아 도탄에 빠진 백성들을 구하고자 하는 것이다. 다른 하나는 한적하고 섬세한 느낌으로 일상생활 속의 깊은 재미를 음미하고 눈앞의 경물의 다양하게 굴곡진 모습을 세밀하게 그려내는 것이다"라고 밝힌 바와 같이, 육유의 시세계를 구성하는 커다란 두 흐름이라고 할 수 있다.

육유의 시는 그 문학사적 의의와 중요성에도 불구하고 일만 수에 달하는 방대한 분량으로 인해 아직 모든 시에 대한 완역은 이루어져 있지 않다. 다만 전중련錢仲聯의 『검남시고교주劍南詩稿校注』상해고적, 1985에서 명대 모진毛晉의 급고각汲古閣 본 『검남시고』를 저본으로 하고 『정선육방옹시집』 및 기타 잔본殘本을 참고하여 자구의 교정과 함께 간략한 주석을 병기하였다. 선집류의 경우 중국 최고의 우국시인으로서의 명성에 걸맞게 중국 내에서는 이미 수십 종에 달하는 선집본이 간행되었으며, 국내의 경우에도『육유시선』이라는 이름으로 역자지만지, 2011를 비롯하여, 이치수문이재, 2002, 류종목민음사, 2007이 총3종의 시선집을 출간한 바 있다. 그러나 이들은 모두가 다만 50여 수에 불과한 시만을 수록하고 있고 주석과 작품의 해설 또한 다소 소략한 한계가 있었다.

따라서 본 역서에서는『정선육방옹시집精選陸放翁詩集』을 번역의 대상으로 삼아 육유시의 전체적인 면모와 문학적 성취를 보다 분명하게 알 수 있도록 하고자 하였다. 아울러 전중련의『검남시고교주』에서의 연구 성과를 최대한 수용하여『정선육방옹시집』에 수록된 시와 모진의 급고각본『검남시고』와의 제목이나 자구 상의 차이를 밝혔으며, 중국에서 기출간된 다른 선집류의 견해를 참고하여 주석과 해설을 보충하였다.

본 번역은 매 작품마다 번역문, 원문, 해제, 주석, 해설의 총5부분으로 이루어져 있으며, 각 부분마다 다음과 같은 사항에 중점을 두어 번역하였다.

1) 번역문

번역문은 맨 앞에 제시하여 작품 자체를 읽고 감상할 수 있도록 하였고, 시 원문은 번역문 뒤에 따로 실어 원문과 대조하며 읽을 수 있도록 하였다. 아울러 번역시의 가독성을 높이기 위해 원문의 의미를 손상하지 않는 범위 내에서 추가적인 어휘나 용어를 보충하였으며, 한자어 어휘는 가능한 한 풀어서 번역에 반영하였다.

2) 해제

해제에서는 작품의 작시 시기와 배경 및 당시 육유의 나이를 밝힘으로써 육유의 생애 속에서 작품을 이해할 수 있도록 하였으며, 전체적인 시의 대의를 밝혔다. 아울러 급고각본『검남시고』와 비교하여 제목이나 자구상의 차이를 밝힘으로써 이에 따른 다른 해석의 가능성도 열어놓았다. 다만 판본 상의 단순 이체자의 경우에는 따로 밝히지 않았다.

또한『정선육방옹시집』에는 시인의 자주自注가 많은 부분 누락되어 있는데, 시를 이해하는 데 있어 필수적인 자주가 적지 않다. 따라서 급고각본『검남시고』에 수록되어 있는 자주自注는 모두 해제에서 원문과 번역을 추가하여 보충하였다.

3) 주석

주석은 가능한 한 상세히 달아 특정 자구의 의미나 활용의 예를 설명하고, 의미나 독음이 다소 어려운 글자나 어휘들에 대해 보충 설명을 하였다. 아울러 전고典故의 경우 해당 전고의 원전 출처를 직접 인용하거나 원전의 내용을 요약 설명함으로써 해당 작품의 이해뿐 아니라 원전 해독 능력 또한 높일 수 있도록 하였다.

4) 해설

해설은 해당 작품의 구조분석을 위주로 작품의 내용과 함의 및 표현상의 특징 등을 설명하고, 육유의 생애와 사상에 근거하여 해당 작품이 가지는 의의를 보충 설명하였다. 아울러 작품에 따라 창작 배경에 대한 소개를 추가하거나 작품 분석의 내용을 보충함으로써 전체적인 해설 분량을 균등하게 안배하였다.

스스로 돌이켜 보면 지금까지 적지 않은 한시 작품들을 역해하고 출간한 듯하다. 하지만 늘 느껴왔듯이 한시 번역은 최고이자 최종의 번역이 없다는 것을 이번 번역 과정을 통해 다시 한번 깨닫게 되었다. 번역을 완료하고 검토가 진행될수록 이전에 미처 깨닫지 못했던 번역상의 오류들이 발견되었고, 문의가 보다 잘 통하도록 다듬고 수정해야 할 부분이 적지 않았다. 작품 해설도 나름 충실히 했다고는 하나 여전히 부족함이 느껴지는 부분이 있으며, 주석 또한 최대한 보충하고 보완하였지만 완벽하게 했다고 자신할 수도 없다. 하지만 이 또한 역해자의 식견과 역량의 한계 때문임을 인정하지 않을 수 없다. 앞으로도 부족한 부분들을 지속적으로 보완할 것을 약속하며 독자 제현의 질정을 기다린다.

2023년 6월

벽송碧松 주기평 삼가 씀

권8

칠언율시(七言律詩)(33수)

권9

칠언절구(七言絶句)(46수)

권10

오언율시(五言律詩)

정선육방옹시집 전체 차례

3 ────

수계정선육방옹시집(須溪精選陸放翁詩集)

간곡정선육방옹시집

澗谷精選陸放翁詩集

권6

육유(陸游) 무관(務觀) 찬(撰)

나의(羅椅) 자원(子遠) 선(選)

칠언율시七言律詩

배 안에서 밤에 쓰다

천 리 먼지바람 속 소진의 갖옷이요.

오호 안개 물결 위 장지화의 배로다.

희미한 등불은 다시 괴로이 외로운 꿈을 토하고

비는 내렸다 다시 그치며 나그네 시름 생겨나네.

성 위 서리 맞은 피리 소리는 하늘로 들어가고

안개 속 고깃배 등불은 모래섬에서 빛나네.

두목은 시인의 정취를 아직 다하지 못했으니

다만 만 호 제후를 경시할 수 있다고 말했을 뿐이네.

舟中夜賦

千里風塵季子裘,**1** 五湖煙浪志和舟.**2**

殘燈復吐惱孤夢, 雨落還收生旅愁.

城上霜笳入霄漢,**3** 煙中漁火耿汀洲.

牧之未極詩人趣,**4** 但謂能輕萬戶侯.

【해제】

80세 때인 가태嘉泰 4년1204 겨울 산음山陰에서 쓴 것으로, 겨울밤 배를 타고 가며 느낀 감회를 나타내고 있다.

【주석】

1 季子(계자) : 소진(蘇秦). 전국시기 종횡가(縱橫家)로 자가 계자(季子)이며, 합종책(合縱策)을 성사시켜 진(秦)에 대항하였다. 이 구는 처음에 소진이 진왕(秦王)에게 유세하였으나 받아들여지지 않아 담비 갖옷은 헤지고 지니고 있던 돈은 다 떨어져 진(秦)나라를 떠나 돌아온 일을 가리키는 것으로, 뜻을 이루지 못하고 곤궁한 처지에 놓여 있는 것을 의미한다.

2 五湖(오호) : 태호(太湖). 지금의 강소성과 절강성에 걸쳐 있다. 『오록(吳錄)』에 따르면 오호는 태호의 별칭으로, 그 둘레가 오백여 리가 되어서 이와 같이 불렀다. 춘추시대 말 월(越)의 대부(大夫) 범려(范蠡)가 월왕 구천(句踐)을 도와 오(吳)를 멸망시킨 뒤 일엽편주를 타고 오호를 유랑하며 숨어 지냈다. 志和(지화) : 당대(唐代)의 은자(隱者) 장지화(張志和).

3 霜笳(상가) : 서리 내리는 하늘에 울리는 피리 소리.

4 牧之(목지) : 두목(杜牧). 당대의 시인으로 자가 목지(牧之)이다. 「지주 구봉루에 올라 장호에게 부쳐(登池州九峯樓寄張祜)」 시에서 "천 수의 시는 만 호 제후를 경시하네(千首詩輕萬戶侯)"라 하였다.

【해설】

이 시에서는 배를 타고 있는 자신의 모습을 소진과 장지화에 비유하며 고향으로 돌아와 곤궁하게 은거하고 있는 자신의 처지를 말하고,

외로운 꿈과 나그네의 시름을 통해 괴로움과 번민의 심정을 나타내고 있다. 이어 서리 가득한 하늘에 울리는 피리 소리와 모래섬에 정박한 고깃배의 등불을 묘사하며, 두목은 자신의 천 수가 넘는 시를 자부하고 만 호 제후를 경시할 줄만 알았을 뿐 이러한 정취를 시로 써내지는 못했음을 말하고 있다.

꽃을 감상하며 호숫가에 이르러

우리나라의 이름난 꽃을 천하 사람들이 알아

원림은 종일토록 붉은 문 열려 있네.

나비는 무성한 잎을 뚫고 다니다 늘 짝을 잃고

벌은 짙은 향기에 빠져 돌아갈 줄 모르네.

가려고 마음먹으면 늘 바람 몰아쳐 시름겹고

반쯤 문 열면 문득 비가 부슬부슬 날리려 하네.

좋은 시절 즐거운 일은 힘써 즐겨야 하니

총총히 꽃잎 날리게 해서는 안 되리.

賞花至湖上

吾國名花天下知, 園林盡日敞朱扉.[1]

蝶穿密葉常相失,[2] 蜂戀繁香不記歸.[3]

欲過每愁風蕩漾,[4] 半開却要雨霏微.[5]

良辰樂事眞當勉,[6] 莫遣忽忽一片飛.[7]

【해제】

73세 때인 경원慶元 3년[1197] 봄 산음山陰에서 쓴 것으로, 원림에 가득 피어난 봄꽃을 감상하며 아름다운 시절을 한껏 즐기고 싶은 마음을 나타내고 있다.

『검남시고』에서는 제1구의 '지知'가 '희稀'로 되어 있다.

【주석】

1 敞(창) : 문을 열다.

2 相失(상실) : 서로 잃다. 짝을 잃어버리는 것을 말한다.

3 繁香(번향) : 짙은 향기. 여러 가지 꽃의 향기로 볼 수도 있다.

4 蕩漾(탕양) : 바람이 몰아치는 모양.

5 霏微(비미) : 가랑비가 자욱한 모양.

6 良辰(양진) : 아름답고 좋은 시절. 꽃이 만발한 시기를 가리킨다.

7 怱怱(총총) : 빠르고 황급한 모양.

【해설】

　이 시에서는 천하의 이름난 꽃들이 모두 원림에 피어 있음을 말하고, 나비와 벌이 노니는 모습으로 그 무성한 잎과 짙은 향기를 나타내고 있다. 이어 꽃을 보러 나가려 할 때마다 자신을 방해하는 바람과 비를 원망하며 꽃이 지기 전에 조금이라도 더 봄을 즐기려 하고 있다.

봄 여름에 거듭 병이 났다가 입추가 되어 나으니 스스로 축하하며

좋은 약은 노인에게 만금에 해당하니

점차 미음을 먹고 신음도 그쳤네.

시내 바람이 대자리 스쳐 가을 기운 일고

산 그림자는 뜰 반쯤 가려 저녁 어스름 생겨나네.

경박한 세속은 다만 늙은이 눈을 놀라게만 했는데

깊이 은거하니 비로소 처음의 마음을 얻게 되었네.

난간 구비에서 두건 올려 쓰고 달 기다리니

하늘이 나를 깊이 사랑하심이 더욱 느껴지네.

春夏屢病, 至立秋而愈, 因自賀

良藥扶衰抵萬金,[1] 漸加糜粥輟呻吟.[2]

溪風拂簟有秋意,[3] 山影半庭生夕陰.

薄俗只成驚老眼,[4] 幽居正得遂初心.[5]

岸巾待月欄干曲,[6] 更覺天公愛我深.[7]

【해제】

74세 때인 경원慶元 4년1198 가을 산음山陰에서 쓴 것으로, 오랜 병에서 쾌차한 기쁨을 나타내고 있다.

『검남시고』에서는 제목 앞에 '여자予自'가 추가되어 있으며, '인因'이

'작장구作長句'로 되어 있다.

【주석】

1 抵(저) : 상당하다, 값어치가 있다. '치(値)'와 같다.

2 糜粥(미죽) : 미음, 죽. '미(糜)'는 '미(麋)'와 같다.

3 拂簟(불점) : 대자리를 쓸다. 바람이 대자리에 불어오는 것을 가리킨다.

4 薄俗(박속) : 경박한 세속. 여기서는 관직 생활을 할 때를 가리킨다.

5 初心(초심) : 처음의 마음, 본의(本意). 세속에 초연한 평온한 마음을 의미한다.

6 岸巾(안건) : 두건은 위로 올려 쓰다. 자유롭고 편한 모습을 의미한다.

7 天公(천공) : 하늘의 존칭.

【해설】

이 시에서는 지난봄과 여름 동안 오랜 병치레에 고생하다가 좋은 약 덕분에 가을이 되어 비로소 조금씩 나아지게 되었음을 말하고 있다. 이어 번다한 관직 생활에서 벗어나 은거 생활에서 되찾은 마음의 위안과 평안을 말하며 병석에서 일어날 수 있게 해준 하늘에 감사하고 있다.

집을 지어

방탕한 늙은이가 집을 지어 강가에서 사니

집은 부서져 수시로 이엉을 보수해야 한다네.

저녁이면 물가에 드리워진 흰 안개를 보고

새벽이면 소나무 끝에 떨어지는 맑은 이슬 소리를 듣네.

살아오며 성성이의 술을 마시지 않았는데

늙어가며 어찌 제비의 둥지를 누리게 되었는지?

녹문산은 보이지 않아 세 번 크게 탄식하니

천 년 전의 방덕공과 친구 맺을 수 있으련만.

卜築[1]

放翁卜築寄江郊, 屋破隨時旋補茅.

暮看白煙橫水際, 曉聽淸露滴松梢.

生來不啜猩猩酒,[2] 老去那營燕燕巢.[3]

目斷鹿門三太息,[4] 龐公千載可論交.[5]

【해제】

75세 때인 경원慶元 5년1199 여름 산음山陰에서 쓴 것으로, 강가에 오두막집을 짓고 은거하는 감회를 나타내고 있다.

『검남시고』에서는 제목과 제1구의 '복卜'이 '소小'로, 제4구의 '송松'

이 '림林'으로 되어 있다.

【주석】

1 卜築(복축) : 땅을 선택해서 집을 짓다.

2 猩猩酒(성성주) : 성성이가 마시는 술. 성성이는 유인원과의 짐승으로 머리가 영특하며 술을 좋아한다. 사람들이 성성이를 잡으려고 술을 가져다 놓으면 성성이는 사람이 놓은 덫인 줄 뻔히 알면서도 유혹을 참지 못하고 마시다 마침내 붙잡히게 된다. 여기서는 외물에 미혹되어 일신의 영화와 안일만을 추구하며 사는 것을 의미한다.

3 燕燕巢(연연소) : 제비의 둥지. 안락하고 편안한 집을 의미한다.

4 目斷(목단) : 눈에 보이지 않다.

鹿門(녹문) : 녹문산(鹿門山). 지금의 호북성 양양시(襄陽市) 동남쪽에 있다. 『양양기(襄陽紀)』에 "양양의 제후 습욱이 산에 사당을 세우고 두 개의 돌 사슴을 깎아 신도 입구에 양쪽으로 세우니, 그로 인해 녹문산이라 불렀다(襄陽侯習郁立神祠於山, 刻二石鹿夾神道口, 因謂之鹿門山)"라 하였다.

5 龐公(방공) : 동한(東漢)의 은사 방덕공(龐德公). 『후한서(後漢書)·일민전(逸民傳)』에 "방덕공은 양양 사람이다. 현산 남쪽에 살며 도시에 들어가 본 적 없었으며 시골에서 몸소 농사를 지었다. 형주자사 유표가 여러 번 오기를 청했으나 뜻을 굽힐 수 없었다. 나중에 처자를 데리고 녹문산에 올라가 약초를 캐며 돌아오지 않았다(龐公者, 襄陽人也. 居峴山之南, 未嘗入城府, 躬耕田里. 荊州刺史劉表數延請, 不能屈. 後携妻子登鹿門山採藥, 不返)"라 하였다.

【해설】

　이 시에서는 강가에 허름한 오두막집을 짓고 아침저녁으로 자연과 더불어 즐기며 살아가고 있는 모습이 나타나 있다. 이어 평생토록 외물의 유혹에 빠지지 않고 고달픈 삶을 살아왔는데 늙어서야 비로소 안락한 생활을 할 수 있게 되었음을 말하고, 천 년 전 방덕공이 은거했던 녹문산이 보이지 않음을 안타까워하며 그와 교유하고 싶은 바람을 나타내고 있다.

동쪽 창에서 약간 술 마시며

가벼운 오사모에 흰 모시 두루마기 입고

동쪽 창에 편한 대로 술잔을 마련하네.

흐르는 세월은 사람의 늙음을 빌려 가지 않지만

조물주는 우리의 광폭함도 포용해줄 수 있다네.

등나무 잎은 그늘져 산새는 내려오고

노송나무 꽃은 땅에 떨어져 꿀벌은 향기롭네.

누가 농가의 즐거움을 그칠 수 있으리?

낮은 담장 너머 관원의 수레 소리 삐걱거리네.

東窗小酌

烏帽翩僊白苧裳,¹ 東窗隨事具杯觴.

流年不貸世人老,² 造物能容吾輩狂.³

藤葉成陰山鳥下, 檜花滿地蜜蜂香.

何人畫得農家樂,⁴ 咿軋綵車隔短牆.⁵

【해제】

74세 때인 경원慶元 4년1198 여름 산음山陰에서 쓴 것으로, 전원생활의 여유와 즐거움을 노래하고 있다.

『검남시고』에서는 제1구의 '상裳'이 '량涼'으로, 제6구의 '향香'이 '망

忙’으로 되어 있다. 총2수 중 제1수이다.

【주석】

1   烏帽(오모) : 검은색 비단 모자. '오사모(烏紗帽)'라고도 한다. 주로 조정의 관
    원들이 썼으며, 남송시기에는 진사(進士)나 국자생(國子生)을 비롯하여 주
    현(州縣)의 유생들도 썼다.

    翩儇(편선) : 가볍게 흔들리는 모양.

    白苧裳(백저상) : 흰 모시로 만든 두루마기.

2   不貸(부대) : 빌려 가지 않다.

3   狂(광) : 광폭하다. 거리낌 없이 행동하는 것을 말한다.

4   畫(화) : 그치다, 제지하다.

5   咿軋(이알) : 수레바퀴가 삐걱대는 소리.

    紱車(불거) : 관원의 수레. '불(紱)'은 관인(官印)을 묶는 끈을 가리킨다.

【해설】

이 시에서는 가볍고 시원한 옷차림을 하고 동쪽 창에서 편안하게 술
을 마시고 있는 모습이 나타나 있다. 이어 세월의 흐름에 따라 사람이
늙어가는 것이야 어찌할 수 없지만, 자유롭게 마음껏 즐기는 것은 하늘
도 이해해 줄 것이라 말하고 있다. 이어 산새와 꿀벌이 날아다니는 평
온한 전원의 풍경을 묘사하고, 삐걱대는 관원의 수레 소리를 대비하며
고달픈 관직 생활을 마치고 찾은 전원생활의 즐거움을 나타내고 있다.

세밑에

무궁한 세상사 광대하여 헤아릴 수 없으니

세밑에 이불에 파묻혀 초당에 누워있네.

짧은 갈옷은 무늬가 터지고 팔꿈치가 낡았으며

옛 서적은 좀이 슬고 옆이 다 없어져 버렸네.

칼을 팔아 봄날 밭 갈 송아지를 사려하고

책 상자 끼고 있다가 옛날 기르던 양을 잃어버린 격이니,

내 생애 돌이켜보니 절로 웃음만 나오는데

채소밭 남은 잎에 새 서리 맺혔구나.

歲晚

無窮世事浩難量, 歲晚沉綿臥草堂.

短褐坼圖移曲折,**1** 故書經蠹失偏傍.

賣刀擬買春耕犢,**2** 挾筴曾亡舊牧羊.**3**

點檢生涯還自笑,**4** 菜畦殘葉帶新霜.**5**

【해제】

75세 때인 경원慶元 5년1199 겨울 산음山陰에서 쓴 것으로, 이룬 것 없이 무능하기만 했던 지난날을 후회하고 있다. 총2수 중 제1수이다.

【주석】

1 坼圖(탁도) : 옷이 해져 무늬가 갈라지다.

　　曲折(곡절) : 굽이지고 꺾인 부분. 팔꿈치를 가리킨다.

2 賣刀(매도) : 칼을 팔다. 『한서(漢書)·공수전(龔遂傳)』에서 칼을 지니고 있
　　던 사람들이 이를 팔아 소와 송아지를 샀던 일을 가리킨 것으로, 의협심을 버
　　리고 생계를 추구하는 것을 의미한다.

3 挾筴(협협) : 책 상자를 끼다. 『장자(莊子)』에서 장(臧)이란 사람이 책 상자
　　를 끼고 책을 읽다가 기르던 양을 잃어버린 일을 가리킨 것으로, 자기가 좋아
　　하는 일에 빠져 본분의 망각하는 것을 의미한다.

4 點檢(점검) : 점검하다, 돌이켜보다.

5 菜畦(채휴) : 채소밭.

【해설】

이 시에서는 무궁하고 광대한 세상사를 헤아릴 수 없음을 말하며 낡
은 갈옷과 좀이 슨 고서적으로 노쇠한 자신을 비유하고 있다. 아울러
의협의 칼을 팔아 생계를 위한 소를 사고 책에 빠져 기르던 양을 잃어
버렸던 고사를 들어 자신의 지난 생이 잘못된 선택과 무지함으로 가득
했음을 말하고, 채소밭의 서리 맞은 성기 채소잎으로 자신의 초라한
노년의 모습을 비유하며 스스로 자조하고 있다.

겨울 저녁

저녁 나팔 소리와 밤 종소리는 어찌하여 바쁘기만 한지

늙은이가 어찌 감당할 수 있으리?

부귀는 변해도 오직 몸은 강건하고

시간을 더하며 밤은 길어만 가네.

물가 작은 집에 달은 막 보이고

마당 가득 시든 잎은 서리를 견디지 못하는데,

파강에서의 편지는 언제나 이를는지?

새로운 시 더해 써서 끊어지는 애간장을 부치네.

冬暮

晚角昏鐘爲底忙,**1** 豈容老子更禁當.**2**

乘除富貴惟身健,**3** 補貼光陰有夜長.**4**

臨水小軒初見月, 滿庭殘葉不禁霜.**5**

巴江尺素何時到,**6** 剩著新詩奇斷腸.**7**

【해제】

77세 때인 가태嘉泰 원년1201 겨울 산음山陰에서 쓴 것으로, 시간의 빠름을 느끼며 멀리 떨어져 있는 친구에 대한 그리움을 나타내고 있다.

『검남시고』에서는 제1구의 '만晩'이 '효曉'로 되어 있다. 또한 시 본문 다음에 "장재주의 편지가 오래도록 이르지 않았다張梓州書久不至"라는 자주自注가 있는데, 장재주는 당시 재주梓州에서 지동천부知潼川府로 있던 장연張縯을 가리킨다.

【주석】

1   爲底(위저) : 어찌하여.

2   禁當(금당) : 받아들이다, 감당하다.

3   乘除(승제) : 흥하고 쇠하다. 변화를 의미한다.

4   補貼(보첩) : 보충하고 덧대다.

5   不禁(불금) : 견디지 못하다, 참아내지 못하다.

6   巴江(파강) : 파촉(巴蜀) 지역을 흐르는 강으로, 협곡이 많아 '파협(巴峽)'이라고도 한다.

　　尺素(척소) : 한 자의 흰 비단. 편지를 의미한다.

7   剩(잉) : 더하여, 게다가. '갱(更)'과 같다.

【해설】

이 시에서는 저녁을 알리는 시보 소리와 함께 어느새 하루가 저물었음을 말하며 늙은이라 촉박한 시간의 흐름을 더욱 감당하기 어려움을 말하고 있다. 다만 만사가 변해도 몸은 아직 강건함을 다행으로 여기며 하루하루 길어지는 겨울밤을 나타내고 있다. 이어 고요하고 적막한

집 앞의 겨울 경관을 묘사하며 밖으로 나와 멀리 촉 지역에 있는 친구의 편지를 기다리고 있는 자신을 나타내고, 그리움에 애끓는 마음을 시에 담아 쓰고 있다.

암자 벽에 쓰다

적막한 외로운 마을에 조수는 포구에 일고

어둑한 작은 정원에 비는 매화를 보내네.

한 그릇 소박한 밥 먹으니 얼굴은 당연히 수척하고

아홉 구비 비탈길 두려워하니 마음은 절로 재가 되네.

옛사람은 뼈는 썩었어도 책에는 남아 있고

오늘 비에 진흙탕은 많아 오는 객이 없네.

머리 헤치고 광폭하게 구는 것은 호탕함을 기탁해서가 아니니

세상만사가 본디 시름겹기 때문이라네.

題菴壁

孤村寂寂潮生浦, 小院昏昏雨送梅.[1]

蔬食一簞宜面槁,[2] 畏塗九折自心灰.[3]

古人骨朽有書在, 今雨泥多無客來.

散髮陽狂非寄傲,[4] 世間萬事本悠哉.[5]

【해제】

75세 때인 경원慶元 5년1199 여름 산음山陰에서 쓴 것으로, 오두막집에서 살아가는 궁핍한 삶과 인생사의 감회를 나타내고 있다. 총2수 중 제2수이다.

1 送梅(송매) : 매화를 보내다. 5월에 내리는 비를 가리킨다. 입하(立夏)를 전
   후로 한 4월에 내리는 비를 '매우(梅雨)'라 하는데, 이에 따라 3월과 5월에 내
   리는 비를 각각 '영매(迎梅)', '송매(送梅)'라 불렀다.

2 蔬食(소식) : 채식하다. 간소한 식사를 하는 것을 말한다.

3 畏塗九折(외도구절) : 아홉 구비 비탈길을 두려워하다. 『한서(漢書)·왕존
   전(王尊傳)』에 따르면 왕양(王陽)이 익주자사(益州刺史)가 되어 부임하다
   공래현(邛郲縣)의 구절판(九折阪)에 이르렀는데, 그 길이 험한 것을 보고 행
   여 몸을 보전하지 못해 부모를 봉양하지 못할까 두려워하고는 마침내 사직하
   고 돌아갔다. 반면 왕존(王尊)이 자사가 되어 이곳에 이르렀을 때는 거침없이
   말을 몰아 달렸으니, 왕양은 효자였으며 왕존은 충신이었던 것이다. 여기서는
   자신이 왕존과 같이 충심을 다하지 못하는 것을 말한다.

4 陽狂(양광) : 광폭함을 드러내다. 거리낌 없이 호탕하게 행동하는 것을 말한다.
   寄傲(기오) : 오만함을 기탁하다. 거리낌 없이 호탕한 기개를 펼쳐내는 것을
   말한다.

5 悠(유) : 시름겹다.

【해설】

이 시에서는 비 내리는 오두막집의 고요한 여름 풍경을 묘사하며 몸
도 마음도 궁핍하게 살아가고 있음을 말하고 있다. 이어 독서 하며 지
내는 일상과 더 이상 찾아오는 객이 없는 궁벽한 처지를 나타내고, 자

신이 산발하고 광폭하게 행동하는 까닭이 자신의 호탕한 기개를 펼쳐 내려 함이 아니라 세상만사가 본디 시름으로 가득한 것이기 때문임을 말하고 있다.

연못에 배 띄우고 밤에 돌아오며

끝없는 안개 바다가 아득한 하늘에 이어지고

진망산과 회계산이 취한 눈에 들어오네.

다리는 끊어져 천 봉우리에 내리던 비는 이미 그쳤고

학은 돌아가 구천의 바람을 타고 있네.

고깃배는 흔들거리며 모래톱에 가로 놓여 있고

물새는 울며 갈대숲 가에 있네.

흥 다해 집으로 돌아가는데 홀연 삼경의 북소리 들려오고

반 수레바퀴 모양 반달에 북두성 자루는 동으로 향해 있네.

泛舟澤中夜歸

無窮煙海接空濛,**1** 秦望稽山醉眼中.**2**

虹斷已收千嶂雨, 鶴歸正駕九天風.**3**

漁舟容與橫沙際,**4** 水鳥號鳴傍葦叢.

興盡還家忽三鼓,**5** 半輪殘月斗杓東.**6**

【해제】

75세 때인 경원慶元 5년1199 여름 산음山陰에서 쓴 것으로, 밤에 배를 띄워 노닐다 돌아오는 감회를 나타내고 있다.

1 空濛(공몽) : 아득하고 몽롱한 경계(境界). 여기서는 안개가 자욱한 하늘을 가리킨다.

2 秦望(진망) : 진망산(秦望山). 지금의 절강성(浙江省) 항주시(杭州市) 서남쪽에 있다.

  稽山(계산) : 회계산(會稽山). 절강성 소흥시(紹興市) 동남쪽에 있다.

3 九天(구천) : 하늘의 중앙과 팔방(八方). 높은 하늘을 가리킨다.

4 容與(용여) : 물결 따라 흔들리는 모양.

5 三鼓(삼고) : 삼경(三更)에 울리는 북소리.

6 斗杓(두표) : 북두성 자루. '두병(斗柄)'이라고도 하며, 북두칠성의 모양이 구기와 같아 이와 같이 불렀다.

【해설】

이 시에서는 배를 타고 바다에까지 이르러 바다와 내륙의 모습을 함께 감상하고 있다. 바다로 오는 동안의 경관을 산수山水와 조어鳥魚 및 정동靜動의 대비를 통해 나타내고, 밤이 깊어 집으로 돌아오는 상황 또한 청각과 시각의 대비를 통해 나타내고 있다.

가을의 생각

몸은 해마다 말라가지만

의기는 때때로 격앙되네.

물은 멀어 떠 있는 갈매기는 오히려 호탕하고

서리는 높아 남은 국화는 더욱 향기롭네.

사람은 모두 늙지만 삶에 옳고 그름은 있고

겁화의 재가 만들어지지 않아도 세월은 길다네.

삼백 리 호수가 방치되었다가 다시 복원되니

자손들이 힘써 농사짓고 누에 치네.

秋懷

形骸歲歲就枯朽,**1** 意氣時時猶激昂.

水遠浮鷗猶浩蕩, 霜高殘菊更芬芳.

人皆有老是非在,**2** 劫未成灰時世長.**3**

三百里湖行自復,**4** 子孫努力事耕桑.

【해제】

74세 때인 경원慶元 4년1198 가을 산음山陰에서 쓴 것으로, 농촌 사람들의 근면한 생활을 칭송하고 있다.

『검남시고』에서는 시 본문 다음에 "경호가 백칠십여 년 동안 방치되

어 우리 마을에 흉년이 많았는데 마침 이것을 복원한 자가 있었다^{鏡湖廢}
^{百七十餘年, 故吾鄉多凶, 會有復之者}"라는 자주自注가 있으며, 제3구의 '유猶'가
'방方'으로, 제5구의 '로老'가 '설舌'로 되어 있다.

【주석】

1　形骸(형해) : 육신, 몸.

　　枯朽(고후) : 메마르고 썩다.

2　是非(시비) : 옳고 그름. 여기서는 올바른 삶과 그릇된 삶을 가리킨다.

3　劫(겁) : 불교에서 천지가 한 번 생성했다 소멸하는 시간. 생겁(生劫), 주겁
　　(住劫), 괴겁(壞劫), 공겁(空劫)의 순환으로 이루어지며 괴겁의 말에 물, 불,
　　바람의 삼재(三災)가 생겨나 모든 것을 파멸시킨다고 한다.

　　灰(회) : 겁화(劫火) 뒤에 남은 재. 앞의 권3 「촉원에서 매화를 감상하며(蜀苑
　　賞梅)」 주석 4 참조.

4　三百里湖(삼백리호) : 둘레가 삼백 리 되는 호수. 여기서는 경호(鏡湖)를 가
　　리킨다.

　　行自復(행자복) : 떠났다가 본래의 모습으로 돌아오다. 경호가 폐허가 되었
　　다가 다시 복원된 것을 가리킨다.

【해설】

　이 시에서는 나이가 들수록 몸은 야위어가나 가을이 되면 의기가 때
때로 높아짐을 말하며, 드넓은 물 위에 호탕하게 떠 있는 갈매기와 짙

은 서리 아래 향기로운 국화에 자신을 비유하고 있다. 아울러 사람은 비록 똑같이 늙더라도 개개인에 있어 올바른 삶과 그릇된 삶은 다르며 그 삶의 시간 또한 결코 짧은 것이 아님을 말하고, 평생토록 근면 성실하게 살아가는 자손들을 칭송하며 격려하고 있다.

감회를 쓰다

화씨벽을 빼앗으려 함에 대가를 갚지 않을 줄 본래 알았고

용 죽이는 법 배웠으나 본디 용을 구할 수 없음을 누가 믿었으리?

시 읊는 소리 속에 세월은 빨리 지나가고

나라 걱정하는 눈물 가로 천지는 가을 되었네.

함께 바다에 배 띄울 사안은 이미 없어졌고

하물며 함께 누대에 오를 왕찬도 없다네.

이 몸 사는 모습을 그대 기억해 줄지니,

만 리 안개 자욱한 물결에 잠기는 흰 갈매기라네.

書感

奪璧元知價不讎,[1] 屠龍誰信本無求.[2]

哦詩聲裏歲時速, 憂國淚邊天地秋.

已缺謝安俱泛海,[3] 況無王粲與登樓.[4]

此身著處憑君記, 萬里煙波沒白鷗.[5]

【해제】

73세 때인 경원慶元 3년1197 여름 산음山陰에서 쓴 것으로, 득의하지
못한 지난 세월을 탄식하며 은거 생활의 지향을 나타내고 있다.

1   奪璧(탈벽) : 화씨벽을 빼앗다. 『사기(史記)・염파인상여열전(廉頗藺相如
    列傳)』에서 진(秦)나라가 15개의 성과 조(趙)나라의 화씨벽을 바꾸자고 거짓
    제안을 했으나 인상여가 이것을 알아차린 것을 가리킨다.

2   屠龍(도룡) : 용을 죽이다. 『장자(莊子)・열어구(列禦寇)』에서 주평만(朱
    泙漫)이 3년 동안 용을 죽이는 기술을 익혔지만 정작 기술을 쓸 용을 얻지 못
    한 것을 가리킨다.

3   謝安(사안) : 동진(東晉) 사람으로 자가 안석(安石)이다. 왕희지(王羲之), 지
    둔(支遁), 손흥공(孫興公) 등과 함께 배를 타고 노닐며 동산(東山)에 은거하
    다 환온(桓溫)의 청을 받아 관직에 나아갔다. 후에 전진(前秦)의 남침을 방어
    하고 낙양까지 영토를 회복하였으며, 사후에 태부(太傅)에 추증되었다.

4   王粲(왕찬) : 동한(東漢) 말 건안칠자(建安七子) 중의 하나로, 「등루부(登樓
    賦)」를 지었다.

5   沒白鷗(몰백구) : 물에 잠기는 흰 갈매기. 두보의 「위승상 어른께 받들어 드
    리는 이십이 운(奉贈韋左丞丈二十二韻)」 시에서 "흰 갈매기가 넓은 물에 잠
    기니, 만 리에 누가 길들일 수 있으리?(白鷗沒浩蕩, 萬里誰能馴)"라 한 뜻을
    차용한 것으로, 구속됨이 없이 자유로이 노니는 존재를 비유한다.

【해설】

이 시에서는 인상여와 주평만의 일을 들어 자신이 지혜와 재능을 지
니고 있으나 이를 발휘할 기회를 얻지 못했음을 말하고, 공업을 이루

지 못한 채 헛되이 세월만 보냈음을 탄식하고 있다. 이어 홀로 외로이 지내고 있는 자신의 처지를 말하고, 전원에서 자유롭게 살아가고 있는 자신의 모습을 기억해주기 바라고 있다.

배 안에서 쓰다

삼백 리 호수에 초승달이 떠오를 때

방탕한 늙은이의 작은 배는 시를 찾아 나선다네.

성 위에 생겨난 신기루에 연기는 합해지려 하고

수면에 비친 무지개다리에 버들은 아직 시들지 않았네.

어부 노랫소리 아득히 우 임금의 무덤에 이어지고

차가운 조수는 쓸쓸히 조아의 사당을 지나네.

진 시황은 신선 되려는 뜻을 헛되이 품었으니

자신이 봉래산에 오고서도 오히려 알지를 못하였네.

舟中作

三百里湖新月時, 放翁艇子出尋詩.[1]

城頭蜃閣煙將合,[2] 波面虹橋柳未衰.

漁唱蒼茫連禹穴,[3] 寒潮蕭瑟過娥祠.[4]

祖龍虛負求僊意,[5] 身到蓬萊却不知.[6]

【해제】

76세 때인 경원慶元 6년1200 겨울 산음山陰에서 쓴 것으로, 회계의 아름다운 풍경을 선계에 비유하여 나타내고 있다.

『검남시고』에서는 제2구의 '정艇'이 '정艇'으로 되어 있다.

【주석】

1　艇子(정자) : 거룻배. 작은 배를 가리킨다.

2　蜃閣(신각) : 신기루(蜃氣樓).

3　蒼茫(창망) : 드넓고 끝이 없이 아득한 모양.

　　禹穴(우혈) : 우(禹) 임금의 무덤. 지금의 절강성 소흥시(紹興市) 동남쪽 회
　　계산(會稽山) 기슭에 있다. 우 임금은 성이 사(姒)이고 이름은 문명(文命)으
　　로, '대우(大禹)'라고 통칭한다. 황하의 범람을 다스린 후 당시 영토를 구주(九
　　州)로 나누고 예교를 반포하였다.

4　娥祠(아사) : 조아(曹娥)의 사당. 지금의 절강성 소흥시(紹興市)에 있다. 조
　　아는 동한(東漢) 상우현(上虞縣, 지금의 절강성 소흥시) 사람으로, 무당인 아
　　버지가 영신제를 하다 익사하여 시신도 유실되니 17일을 슬피 울다 자신도 강
　　에 투신하여 죽었다.

5　祖龍(조룡) : 진(秦) 시황(始皇). '조(祖)'는 시조(始祖)의 뜻이고 '용(龍)'은
　　임금의 형상을 의미하는 것으로, 진 시황을 지칭한다.

6　蓬萊(봉래) : 봉래산(蓬萊山). 전설상 바다에 있는 세 선산(仙山) 중의 하나
　　로, 여기서는 회계산을 비유한다.

【해설】

　　이 시에서는 초승달 아래 호수에 배를 띄워 아름다운 풍광을 찾아
떠나고 있는 모습이 나타나 있다. 산과 호수 위에 비친 신기루와 다리
그림자 같은 허상虛像을 통해 이곳이 마치 환상의 세계인 듯한 느낌을

나타내고, 우 임금의 무덤과 조아의 사당을 언급하며 이곳이 충효의 고장임을 아울러 말하고 있다. 이어 신선을 추구했던 진 시황이 자신이 오고서도 이곳이 봉래산임을 알지 못했음을 말하며 회계산을 선계로까지 높이고 있다.

탄식을 담아

속된 마음 일어나면 절로 헝클어진 실이 되니

세상사 바둑 두는 것과 같음을 본디 안다네.

옛날의 일은 사라져 버리고 돌아와서도 또한 즐거우니

남은 생이 여기에 이르렀으니 죽는 들 무엇이 슬프리?

옛사람 다시 살아난다면 그들 중 장차 누구를 따를지

조물주는 무슨 마음으로 어찌 그리 그대들을 사랑하셨는지?

남은 봄도 이미 끝나 옛 시내에서 떠나갔고

짧은 도롱이에 낚싯줄 드리우는 달 밝은 때라네.

寓歎

俗心浪自作棼絲,[1] 世事元知似奕棋.

舊業蕭然歸亦樂,[2] 餘年至此死何悲.[3]

古人可作將誰慕,[4] 造物何心豈汝私.[5]

已決殘春故溪去,[6] 短蓑垂釣月明時.

【해제】

79세 때인 가태嘉泰 3년1203 봄 임안臨安에서 쓴 것으로, 인생의 불가측성과 은거 생활의 지향을 말하고 있다.

『검남시고』에서는 제6구의 '하何'가 '무無'로 되어 있다.

【주석】

1　浪(랑) : 물결치다, 일어나다.

　　棼絲(분사) : 얽혀 헝클어진 실타래.

2　蕭然(소연) : 적막한 모양, 텅 비고 횅한 모양.

3　至此(지차) : 여기에 이르다. 세상의 속된 마음을 버리고 전원으로 돌아와 은
　　거하는 삶을 가리킨다.

4　古人(고인) : 옛사람. 자신보다 먼저 은거하며 즐거움을 누렸던 사람들을 가
　　리킨다.

　　可作(가작) : 다시 살아나다. 『국어(國語) · 진어(晉語)』8에 "조문자가 숙향
　　과 함께 구원을 노닐며 말하기를 '죽은 자가 만약 다시 살아난다면 그대는 누
　　구와 함께 돌아가시겠습니까?'라고 하였다(趙文子與叔向遊於九原曰, 死者
　　若可作也, 吾誰與歸)"라 한 뜻을 차용한 것이다.

　　慕(모) : 흠모하다, 따르다.

5　私(사) : 사사로이 여기다, 편애하다.

6　已決(이결) : 이미 끝나다.

【해설】

　이 시에서는 사람의 부귀와 현달을 추구하는 사람의 속된 마음이 오
히려 삶을 어렵게 만들며 세상일은 예측할 수 없음을 말하고 있다. 이
어 관직을 버리고 돌아와 은거하며 느끼는 즐거움에 만족감을 나타내
며, 조물주의 사랑을 받아 자신보다 먼저 이와 같은 즐거움을 알아 누

렸던 옛사람들을 부러워하고 있다. 마지막에는 달빛 아래 낚싯줄 드리우고 있는 모습을 통해 세상의 부귀와 현달에 초연해진 자신의 심정을 나타내고 있다.

시골에서 살며

명아주 지팡이 짚고 세상 밖으로 나오니

흰 나무문이 물가 대나무를 향해 열려 있네.

조물주께서 한가함을 주고 건강함까지 주셨으니

마을 사람들은 내가 늙은 줄은 알아도 나이는 모른다네.

한가로이 지내면서 늘 소매 안에 젓가락을 지니고 있으며

헛된 상상하다 마침내 술 생각에 고이는 침을 흘려 보인다네.

어젯밤 작은 뜰에 바람서리 차갑더니

국화 소식이 이미 먼저 전해졌네.

村居

靑藜杖出氛埃外,¹ 白版扉開水竹邊.²

造物與閑仍與健,³ 鄕人知老不知年.

齋居每袖持螯手,⁴ 妄想寧流見麴涎.⁵

昨夜小庭風露冷, 菊花消息已先傳.

【해제】

79세 때인 가태嘉泰 3년1203 가을 산음山陰에서 쓴 것으로, 건강한 몸으로 한가로운 시골 생활을 즐기는 기쁨이 나타나 있다. 총4수 중 제3수이다.

1　靑藜杖(청려장) : 명아주 줄기로 만든 지팡이. 명아주는 명아줏과의 한해살이
풀로, 어린 잎은 먹을 수 있으며 줄기는 매우 단단하여 지팡이로 만들 수 있다.

氛埃(분애) : 먼지 가득한 세상.

2　白版扉(백판비) : 기름칠하지 않은 흰 문. 소박한 문을 가리킨다.

3　仍(잉) : 게다가, 더하여.

4　齋居(재거) : 집에서 한가로이 지내다.

螯手(오수) : 게의 집게발. 젓가락을 비유한다. 『세설신어(世說新語)・임탄
(任誕)』에서 필무세(畢茂世)가 "한 손에는 게 집게발을 들고 한 손에는 술잔
을 들고서 술 연못에서 헤엄칠 수 있다면 곧 만족하며 일생을 마칠 수 있다(一
手持蟹螯, 一手持酒盃, 拍浮酒池中, 便足了一生)"라 하였다.

5　麴涎(국연) : 술 생각에 고이는 침.

【해설】

　이 시에서는 세상을 벗어나 아름다운 산수 가까이에서 살게 되었음
을 말하고, 한가로움뿐 아니라 건강까지 함께 얻게 해준 하늘에 감사
하고 있다. 이어 소매 안에 늘 젓가락 지니고 다니면서 맛있는 음식과
술을 먹는 상상을 하고 있음을 말하고, 서늘한 가을바람에 홀연 피어
난 정원의 국화를 감상하고 있다.

도실에서 읊다 3수

신발이 한 쌍 오리로 변하고 지팡이가 용으로 변하니
돌아보면 구름 덮인 산 몇 겹인지 알 수 없네.
약초 자라는 뜰에서는 밤에 붉은 누대의 달을 읊고
술 파는 시장에서는 가을에 자색 전각의 종소리를 듣네.
하늘로 발걸음 따르는 것을 어찌 꺼리리?
얼음과 눈처럼 모습이 바뀐다네.
어린아이는 문 열고 기이한 일에 놀라고
야생 학은 내려와 섬돌 아래 소나무에 둥지를 트네.

선생이 아는 일 많다 괴이하게 여기지 말지니
인간 세상 어딘들 가보지 않았으리?
천산에는 팔월에도 서리가 풀 시들게 하고
양곡에는 삼경에 해가 물에서 목욕한다네.
봄바람에 익은 술을 돌아와서 차지하니
신물이 된 단약은 누구와 함께하리?
자유로운 사람은 본디 강호라는 이름을 지녔으니
사백 년을 줄곧 낚시하며 지냈다네.

이 몸은 가을바람에 날리는 끊어진 쑥이거늘
어찌하여 머물러 살며 동서로 제한되는지?

창 아래 바둑판에선 때때로 우박 소리 들리고

바위 사이 부뚜막에선 밤마다 무지개 토해 나오네.

약초를 캐며 천 리 가는 것도 마다하지 않고

자라 낚시하며 십 년의 공도 일찍이 깨 버렸다네.

흰머리 되어 비로소 양생의 오묘한 이치를 깨달으니

『황정경』 두 권 속에 모두 있다네.

道室雜詠三首

舄化雙鳧杖化龍,[1] 雲山回首不知重.

藥園夜嘯丹臺月,[2] 酒市秋聽紫閣鐘.[3]

豈憚煙霄隨步武,[4] 故應冰雪換形容.

小童開戶驚奇事, 野鶴來巢堦下松.

莫怪先生閱事多, 人間何處不經過.

天山八月霜枯草,[5] 暘谷三更日浴波.[6]

酒熟春風歸掌握, 丹成神物共誰何.

散人本帶江湖號,[7] 四百年來一釣蓑.

身是秋風一斷蓬, 何曾住處限西東.

棋枰窗下時聞雹,[8] 丹竈巖間夜吐虹.[9]

采藥不辭千里去, 釣鰲曾破十年功.[10]

白頭始悟頤生妙,**11** 盡在黃庭兩卷中.

【해제】

79세 때인 가태嘉泰 3년1203 가을 산음山陰에서 쓴 것으로, 도가적 경계와 지향을 나타내고 있다.

『검남시고』에서는 제1수 제5구의 '탄憚'이 '단旦'으로, 제8구의 '계堦'가 '체砌'로 되어 있고, 제3수 제6구의 '오鼇'가 '어魚'로 되어 있다.

【주석】

1 鳧化雙鳧(석화쌍부) : 신발이 한 쌍 오리로 변하다. 왕교(王喬)의 고사를 가리킨다.『후한서(後漢書)·방술전(方術傳)·왕교전(王喬傳)』에 따르면 왕교가 섭현령(葉縣令)으로 있으면서 매달 보름이면 멀리 조정의 조회를 참석하러 왔다. 황제가 이를 수상히 여겨 사람을 시켜 살펴보게 하니 왕교가 도착하면 하늘에서 두 마리 오리가 날아왔다고 말하였다. 그물을 쳐서 오리를 잡으니 오리는 없고 신발 한 켤레만 있었는데, 이는 왕교가 상서(尙書)로 있을 때 하사받은 것이었다.

杖化龍(장화룡) : 지팡이가 용으로 변하다. 비장방(費長房)의 고사를 가리킨다.『후한서(後漢書)·방술전(方術傳)·비장방전(費長房傳)』에 따르면 비장방이 약을 파는 한 노인에게서 도학을 배웠는데 그가 돌아가려 하자 노인이 지팡이 하나를 내어주며 그것을 타고 갔다가 도착하면 산비탈에 버리라고 하

였다. 비장방은 이것을 타고 순식간에 집으로 돌아왔으며 집을 떠난 지 수십

일이었으나 이미 수십 년이 지나 있었다. 즉시 지팡이를 버리고 돌아보니 용

이었다.

2 丹臺(단대) : 붉은 누대. 도관(道觀)의 누대를 가리킨다.

3 紫閣(자각) : 자색 전각. 도관(道觀)의 전각을 가리킨다.

4 步武(보무) : 발걸음.

5 天山(천산) : 천산산맥(天山山脈). 지금의 신강(新疆) 위구르 자치구에 있다.

6 暘谷(양곡) : 전설상 해가 떠오르는 골짜기.

7 散人(산인) : 세상사에 매이지 않고 유유자적하게 사는 사람.

江湖號(강호호) : '강호'라는 이름. 여기서는 강호산인(江湖散人)으로 불린

육구몽(陸龜蒙)을 가리킨다. 육구몽은 당대 문학가로 호가 보리(甫里)이며,

지금의 강소성(江蘇省) 오현(吳縣) 동남쪽인 보리(甫里)에서 농사를 짓고 살

았다. 스스로를 부옹(涪翁), 어부(漁父), 강상장인(江上丈人)에 비유하였고

사람들은 그를 강호산인(江湖散人), 천수자(天隨子), 보리선생(甫里先生)

이라 불렀다.

8 棋枰(기평) : 바둑판.

9 丹竈(단조) : 단약 만드는 부뚜막.

10 釣鰲(조오) : 자라를 낚시하다. 원대한 포부를 지니거나 호탕하게 행동하는

것을 가리킨다. 『열자(列子)・탕문(湯問)』에 따르면 발해 동쪽에 있는 다섯

산이 물 위에 떠다니니 상제가 다섯 자라에게 산을 이고 있게 하였는데, 용백

국(龍伯國)의 대인이 자라를 낚아 버려 산이 북극으로 흘러가 대해에 가라앉

아 버렸다고 한다.

11 頤生(이생) : 양생(養生). 몸과 마음을 건강하게 하여 장수하는 것을 말한다.

【해설】

제1수에서는 왕교와 비장방의 일을 들어 도관의 영험함을 부각하며 산속 깊은 곳에 자리한 도관의 가을밤 경관을 묘사하고 있다. 이어 도학을 추구하는 자신의 지향을 말하며 신선으로 변한 자신의 모습을 상상하고 있다.

제2수에서는 자신은 세상 곳곳을 다녀 아는 일이 많음을 말하며 천산과 양곡의 일을 들고 있다. 이어 지금은 고향으로 돌아와 술과 도학을 추구하고 있음을 말하며 강호에 은거하여 강호산인江湖散人이라 불렸던 육구몽을 흠모하고 있다.

제3수에서는 사방 자유로이 떠돌던 몸이 늙어 한곳에 정착하게 되었음을 말하고 도관에 가득한 신묘한 기운을 나타내고 있다. 이어 약초 캐고 자라 낚시하며 세상의 공업을 잊고 늙어서야 양생의 이치를 깨닫게 되었음을 말하고 있다.

흥을 보내어

시끄럽게 우는 저 비둘기를 비웃지 않으니

백 년을 나 또한 버티며 살고 있기 때문이네.

병 들어 약물 효과 보기 어려움을 알고

나이 들어 인간 세상 즐길 수 없음을 깨닫네.

초가집이지만 추위 더위 나는 데 무슨 상관있으며

소박한 음식이라도 아침저녁은 먹을 수 있다네.

고깃배는 한 번 떠나가 찾을 곳이 없고

천 경 강가는 온통 갈대 빛이네.

遣興

眈眈鳴鳩莫笑渠,**1** 百年我亦施枝梧.**2**

病知藥物難爲驗, 老覺人間不足娛.

茆屋何妨度寒暑,**3** 蔬餐且可逐朝脯.**4**

釣船一去無尋處, 千頃江邊一色蘆.**5**

【해제】

80세 때인 가태嘉泰 4년1204 여름 산음山陰에서 쓴 것으로, 노년의 삶에 대한 감회를 노래하고 있다.

『검남시고』에서는 제6구의 '축조포逐朝脯'가 '견조포遣朝脯'로, 제7구

의 '거去'가 '출出'로, 제8구의 '일一'이 '설雪'로 되어 있다. 총2수 중 제
1수이다.

【주석】

1 聒聒(괄괄) : 새가 시끄럽게 지저귀는 소리.

   渠(거) : 그, 저. 지시사. 비둘기를 가리킨다.

2 枝梧(지오) : 버티다, 지탱하다.

3 茆屋(묘옥) : 초가집. '모옥(茅屋)'과 같다.

   何妨(하방) : 어찌 방해되리? 아무 상관이 없음을 말한다.

4 蔬餐(소찬) : 채소로만 이루어진 간소한 음식.

   朝脯(조포) : 조시(朝時)와 포시(哺時). 아침과 저녁을 먹는 진시(辰時)와 신
   시(申時)를 가리키며, 여기서는 하루에 두 끼를 먹는 것을 의미한다.

5 千頃(천경) : 일천 경. 경(頃)은 고대 넓이의 단위로, 광활하고 드넓은 면적을
   의미한다. 주(周)나라 때에는 사방 6척(尺) 넓이를 1보(步)라 하고, 100보를 1
   무(畝)라 하였으며, 100무를 1경(頃)이라 하였다.

【해설】

이 시에서는 백 년 가까이 근근이 버티면서 살아가고 있는 자신이
시끄럽게 우는 비둘기보다 나은 것이 없음을 말하며, 병이 들어도 약
효를 보기 어렵고 인생을 즐기기도 어려운 곤궁한 노년의 삶을 말하고
있다. 그러나 비록 오두막이나마 추위와 더위를 버틸 수 있고 소박한

찬이나마 끼니는 이을 수 있음을 말하며, 궁핍한 생활에서도 삶의 만
족과 여유를 잃지 않고 있다.

병 중에 중미성, 당극명, 소훈직에게 편지하다

칭병하고 집으로 돌아가 잠시 팔 베고 누우려 했건만

여전히 북창 등불 아래에서 오래도록 견디고 있다네.

마음은 남쪽 나라의 봄날 돌아가는 기러기인데

몸은 승당의 아침에 떠나가는 탁발승이니,

가랑비에 술병 차고 황폐한 절을 찾아다니고

석양에 말에서 내려 황량한 능을 조문한다네.

잠시 머물러 계시며 때때로 함께 노닒을 싫어하지 마시길

망국의 땅이 해마다 차가워져 얼음 얼려 한다네.

病中簡, 仲彌性唐克明蘇訓直[1]

移疾還家暫曲肱,[2] 依然耐久北窓燈.

心如澤國春歸雁,[3] 身是雲堂旦過僧.[4]

細雨佩壺尋廢寺, 夕陽下馬弔荒陵.

小留莫厭時追逐,[5] 勝社年來冷欲冰.[6]

【해제】

40세 때인 융흥隆興 2년1164 진강鎭江에서 쓴 것으로, 막부를 떠나 고향으로 돌아가고자 하는 친구들을 만류하고 있다.

원문에는 제목 다음에 "세 사람 모두 돌아가려는 뜻이 있었다三君皆有

歸志故云"라는 자주自注가 있으며, 『검남시고』에서는 시 본문 다음에 있다. 또한 원문에는 제목에서 '간簡'이 '동東'으로 되어 있어 내용상 뜻이 통하지 않아, 『검남시고』에 따라 바로잡았다.

【주석】

1 簡(간) : 편지를 쓰다.

仲彌性(중미성) : 중병(仲幷). 자가 미성(彌性)으로, 당시 회동안무사참의(淮東安撫司參議)로 있으며 강회동서로선무사(江淮東西路宣撫使) 장준(張浚)의 막료로 있었다.

唐克明(당극명) : 당문약(唐文若). 자가 입부(立夫)로, 호가 극명(克明)으로 여겨진다. 당시 도독부참찬군사(都督府參贊軍事)로 있으며 장준을 보좌하였다.

蘇訓直(소훈직) : 소빈(蘇玭). 자가 훈직(訓直)으로, 당시 회서안무사(淮西安撫司)로 있으며 장준을 보좌하였다.

2 移疾(이질) : 칭병(稱病)하고 관직에서 물러나다.

曲肱(곡굉) : 팔뚝을 구부리고 베다. 고향에서 편하게 지내는 것을 말한다.

3 澤國(택국) : 호수가 많은 나라. 남방 지역을 가리킨다.

4 雲堂(운당) : 승당(僧堂).

旦過僧(단과승) : 단과료(旦過寮)의 승려. 단과료는 승려의 침소로, 저녁에 왔다가 아침이면 떠난다고 하여 이와 같이 불렀다. 여기서는 일정한 거처 없이 떠도는 행각승(行脚僧)을 가리킨다.

　追逐(추축) : 뒤쫓아 따라가다. 교유하며 서로 어울려 지내는 것을 말한다.

6　勝社(승사) : 패망한 땅. 지금 왕조가 승리한 나라라는 뜻에서 패망한 이전 왕
　　조를 '승국(勝國)'이라 불렀으며, 여기서는 남조(南朝)의 왕조들을 가리킨다.

【해설】

　이 시에서는 자신 또한 관직을 그만두고 고향으로 돌아가고 싶은 마
음이 있지만 오래도록 참고 견디고 있음을 말하며, 기러기와 탁발승의
비유를 통해 고향을 그리워하는 마음과 타향을 떠도는 신세를 나타내
고 있다. 이어 황량한 남조南朝의 유적지를 찾아다니며 역사의 감회를
느끼고, 망국의 땅에 차가운 얼음이 맺히는 상황을 말하며 친구들에게
잠시 이곳에 머물러 나라를 위해 함께 헌신할 것을 청하고 있다.

저녁에 송자 나루에 정박하며

작은 여울에 퍼덕퍼덕 가마우지는 날고

깊은 대숲에 꾸욱꾸욱 두견새는 슬피 우네.

거울 보며 쇠하고 병든 몸 견디지 못하다가

석양이 가장 아름다운 때 배를 정박하네.

평생을 실의하여 오직 술에 빠져 지냈는데

나그넷길 아득하기만 하니 절로 시를 읊게 되네.

장안이 어디쯤 있는지 묻지 말지니

어지러운 산 외로운 객점 있는 이곳은 송자라네.

晚泊松滋渡口[1]

小灘拍拍鸕鶿飛,[2] 深竹蕭蕭杜宇悲.[3]

看鏡不堪衰病後, 繫船最好夕陽時.

生涯落魄惟耽酒,[4] 客路蒼茫自詠詩.[5]

莫問長安在何許,[6] 亂山孤店是松滋.

【해제】

46세 때인 건도乾道 6년1170 10월 기주夔州로 부임하며 강릉江陵 송자

현松滋縣을 지날 때 쓴 것으로, 여행길의 객수를 노래하고 있다.

『검남시고』에서는 제1구의 '계溪'가 '탄灘'으로 되어 있으며, 총2수

중 제2수이다.

【주석】

1 松滋(송자) : 송자현(松滋縣). 당시 강릉부(江陵府)에 속했으며, 지금의 호
   북성(湖北省) 형주시(荊州市) 서쪽 지역이다.

2 拍拍(박박) : 새가 날갯짓하는 소리.

3 蕭蕭(소소) : 새나 말이 우는 소리.
   杜宇(두우) : 전설상 고대 촉국(蜀國)의 망제(望帝). 여기서는 두견새를 의미
   한다. 두우(杜宇)는 만년에 수재(水災)로 인해 재상 개명(開明)에게 제위를
   물려주고 물러나 서산(西山)에 숨어 살면서 고국을 그리워하며 비통해하다 죽
   었다. 죽어서 혼이 두견새가 되었는데 그 울음소리가 매우 구슬펐으며 늦봄이
   면 더욱 슬프게 울었다고 한다. '자규(子規)'라고도 부르며 그 울음소리가 마치
   '돌아감만 못하다[不如歸]'라고 하는 것 같아 '불여귀(不如歸)'라고도 한다.

4 落魄(낙백) : 곤궁하고 실의하다.
   耽酒(탐주) : 술에 탐닉하다.

5 蒼茫(창망) : 드넓고 끝이 없이 아득한 모양.

6 長安(장안) : 당대(唐代)의 도성. 여기서는 남송(南宋)의 도성인 임안(臨安)
   을 가리킨다.

【해설】

이 시에서는 뱃길의 쓸쓸한 가을 저녁 풍경을 묘사하며 고향을 떠나

먼 길을 가는 나그네의 시름을 나타내고 있다. 아울러 뜻을 이룰 기회를 얻지 못해 실의한 채 술에 빠져 지냈던 지난 시절을 떠올리고, 멀고 고된 여로로 인해 감회가 절로 시로 읊어지고 있음을 말하고 있다. 마지막에는 자신이 이미 도성에서 멀리 떠나와 있음을 말하며, 상념 가득한 외로운 자신의 심경을 송자현松滋縣의 풍광을 통해 비유적으로 나타내고 있다.

가을날 동호를 그리워하며

작은 누각 동쪽 엄화지,

가을 되면 늘 즐거웠던 만남이 기억나네.

몸은 돌아갈 길 앞둔 둥지의 제비와 같았지만

마음은 움직이려 하는 불당의 승려와 같았으니,

병든 생각과 나그네 회포를 오직 술에 기탁하고

서풍과 지는 해에 더욱 시를 재촉했었네.

옛 친구들 세모 되면 늘 많이 생각나니

다만 그때의 슬픈 가을만은 아니라네.

秋日懷東湖[1]

小閣東頭罨畫池,[2] 秋來長是憶幽期.[3]

身如巢燕臨歸日,[4] 心似堂僧欲動時.[5]

病思羈懷惟付酒, 西風落日更催詩.

故知歲暮常多感,[6] 不獨當年宋玉悲.[7]

【해제】

　49세 때인 건도乾道 9년1173 가을 가주嘉州에서 쓴 것으로, 옛날 성도에서의 친구들과의 만남을 떠올리며 당시에 느꼈던 시름과 번민을 회상하고 있다. 총2수 중 제1수이다.

1 東湖(동호) : 촉주(蜀州)에 있는 호수 이름.

2 罨畫池(엄화지) : 성도(成都) 근교의 못 이름. 지금의 사천성 숭주시(崇州市)에 있다.

3 幽期(유기) : 그윽한 기약. 좋은 만남을 가리킨다.

4 巢燕臨歸(소연임귀) : 돌아갈 길 앞둔 둥지의 제비. 잠시 몸이 안정되고 편안한 상태에 있는 것을 말한다.

5 堂僧欲動(당승욕동) : 마음이 움직이려 하는 불당의 승려. 나부끼는 깃발을 보고서 바람이 움직이는 것인지 깃발이 움직이는 것인지 논쟁하는 두 승려를 보고, 혜능(慧能)이 바람도 깃발도 아닌 마음이 움직이는 것이라 말했던 일을 가리킨다. 즉 승려들이 정진하지 못하고 마음이 흔들리는 것을 말한 것으로, 여기서는 시름과 번민에 빠지는 것을 말한다.

6 故知(고지) : 옛날 알고 지내던 사람. 옛 친구를 가리킨다.

7 宋玉非(송옥비) : 송옥의 비통함. 가을의 슬픈 정서를 가리킨다. 송옥은 전국시기 초(楚)나라 문학가로, 쓸쓸한 가을의 정경을 아름다운 수사, 기교를 통해 표현하여 '송옥비추(宋玉悲秋)'라는 말이 유래하였다.

【해설】

이 시에서는 가을이 되어 옛날 성도의 엄화지에서 친구들과 어울려 가을을 즐겼던 일이 떠올리고 있다. 이어 당시에는 몸은 비록 잠시나마 편안했지만 마음은 시름과 번민으로 안정되지 못했고 우울한 심사와 나그네의 시름을 그저 술과 시로 달랬었음을 말하고 있다. 그러나 지금 금과 대치한 가주嘉州에 있으면서 느끼는 가을의 감회는 당시와는 다름을 말하며 공업 수립에 대한 기대와 결의를 나타내고 있다.

술 취하는 마을

술 취하는 마을에 작은 집 짓고 살아도 좋은데

다만 세월 재촉하는 무정한 백발에 괴로울 뿐이니,

어리석게도 아교를 달여 해와 달을 붙여두려 하고

미쳐서 바다로 들어가 봉래산을 찾아가려 생각하네.

둥지 떠나 돌아가는 제비는 가을보다 먼저 가고

이슬 젖은 그윽한 꽃은 추사일 가까워 피었네.

가세 기울여 즐거움 만드는 데 씀을 아까워하지 말지니

옛사람 백골에 푸른 이끼 덮였다네.

醉鄉

醉鄉小築亦佳哉, 但苦無情白髮催.

癡欲煎膠黏日月,[1] 狂思入海訪蓬萊.[2]

辭巢歸燕先秋去, 泣露幽花近社開.[3]

莫惜傾家供作樂,[4] 古人白骨有蒼苔.

【해제】

49세 때인 건도乾道 9년1173 가을 가주嘉州에서 쓴 것으로, 세월의 빠른 흐름을 탄식하며 현재를 즐길 것을 말하고 있다.

『검남시고』에서는 제1구의 '소小'가 '복卜'으로 되어 있다.

1 煎膠(전교) : 아교를 달이다.

2 蓬萊(봉래) : 봉래산(蓬萊山). 영주(瀛洲), 방장(方丈)과 함께 전설상 바다에
   있는 세 선산(仙山) 중의 하나이다.

3 社(사) : 추사일(秋社日). 입추(立秋) 후 다섯 번째 되는 무일(戊日)로, 농촌
   에서는 이날이 가까워져 오면 피리를 불고 북을 치며 사직신(社稷神)에게 제
   사 지내 한 해의 수확에 감사하였다.

4 傾家(경가) : 집을 기울게 하다. 가세가 기울 정도로 술을 마시는 것을 의미한다.

【해설】

이 시에서는 비록 작은 집이나마 술을 즐기며 살 수 있어 즐겁지만
무정하게 빨리 흘러가기만 하는 세월이 안타깝기만 함을 말하며, 해와
달을 붙잡아두고 신선이 되어 영생을 추구하고 싶은 마음을 나타내고
있다. 그러나 가을 되어 제비가 떠나도 가을꽃은 다시 피듯이 비록 유
한한 인생이라도 삶의 즐거움은 항상 존재하니, 슬픔에서 벗어나 현재
의 즐거움을 충분히 만끽하며 즐겨야 함을 말하고 있다.

진노산에게 써서 부치다 2수

제공 귀인들은 아는 이 드물지만

가슴속에는 빛나는 보옥이 가득하다네.

지금 도성으로 가니

분명 떠도는 먼지에 흰옷 더럽혀지리.

옛날 공부할 때 쫓겨나지 않기가 어렵다는 것을 잘 알아

우리는 이런 생각으로 관직에 나가지 않으려 했었네.

밤새 부는 비바람에 빈집은 고요한데

홀연 등잔 앞에서 속삭이던 일 생각나네.

천하가 태평하고 국론이 깊으면

서생이 산림에서 늙는 것도 마땅하건만,

평생 힘써 배워 얻는 곳에서

정사가 지금과 같은데도 마음 움직이지 않았네.

옛 친구들은 몇 년을 짧은 갈옷 입고 있으며

쫓겨난 관리는 만 리 밖에서 오는 소식도 드물다네.

그대 이를 생각하고 여행길 마음 편하기를 바라니

고요한 곳에 뜨거운 햇빛이 어찌 쉽게 침범하리?

寄題陳魯山二首[1]

諸公貴人識面稀, 胸中璀璨漫珠璣.[2]

卽今擧手遮西日,[3] 應有流塵化素衣.

舊學極知難少貶, 吾儕持此欲安歸.[4]

夜來風雨空堂靜, 忽憶燈前語入微.

天下無虞國論深,[5] 書生端合老山林.[6]

平生力學所得處, 政要如今不動心.[7]

舊友幾年猶短褐,[8] 謫官萬里少來音.

願公思此寬羈旅,[9] 靜處炎曦豈易侵.[10]

【해제】

33세 때인 소흥紹興 27년1157 산음山陰에서 쓴 것으로, 관직을 옮겨 도성으로 가는 진노산을 전송하며 관직 생활에 대한 당부와 함께 여행 길의 평안을 기원하고 있다.

원문에는 제목 다음에 "당시 도성으로 관직을 옮겼다時調官都下"라는 자주自注가 있다. 『검남시고』에서는 제목에서 '제題'가 누락되고 자주 앞에 '진陳'이 추가되어 있으며, 제2수 제8구의 '처處'가 '승勝'으로 되어 있다.

1 陳魯山(진노산) : 진산(陳山). 자가 노산(魯山)으로 회계(會稽) 사람이며, 소
  흥(紹興) 말에 형호북로안무사참의관(荊湖北路安撫司參議官)을 지냈다.

2 璀璨(최찬) : 광채가 나고 아름답다.

  珠璣(주기) : 보옥. 여기서는 진노산의 자질과 능력을 비유한다.

3 擧手遮西日(거수차서일) : 손을 들어 서쪽 해를 가리다. 도성 임안(臨安)이
  있는 서쪽을 향해 가는 모습을 말한다.

4 吾儕(오제) : 우리들.

5 無虞(무우) : 근심이 없다, 태평하다.

6 端合(단합) : 마땅하다. 응당 ~해야 한다.

7 政要(정요) : 정치를 행하는 요령. 정사(政事)를 가리킨다.

  如今(여금) : 지금과 같다. 나라가 위기에 처하고 정사가 혼란함을 말한다.

8 短褐(단갈) : 짧은 베옷. 곤궁하게 지내는 것을 말한다.

9 寬(관) : 너그러이 하다, 마음을 편히 먹다.

10 靜處(정처) : 청정(淸靜)한 곳. 마음이 평안하고 안정된 것을 의미한다.

  炎曦(염희) : 맹렬한 햇빛.

【해설】

제1수에서는 진노산의 뛰어난 자질과 능력을 칭송하며 그의 먼 여행
길을 염려하고 있다. 이어 귀양을 면하기가 쉽지 않은 관직 생활의 속
성을 이미 잘 알아 그와 함께 관직에 나가지 않으려 했었던 옛일을 회

상하며, 친구를 떠나보내고 그리워하는 쓸쓸한 심정을 나타내고 있다.

제2수에서는 금金과 대치하며 나라가 위기에 처해있음에도 책만 읽고 있는 것은 서생의 올바른 도리가 아님을 말하며 자신에 대한 질책과 친구에 대한 칭송을 함께 나타내고 있다. 이어 아직 관직에 나아갈 기회를 얻지 못하고 있는 친구들도 있고 이미 출사했으나 조정에서 쫓겨난 친구들도 있음을 말하며 진노산이 자신보다 먼저 출사하여 도성으로 가는 것에 미안해하지 말기를 당부하고, 그의 먼 여행길이 안락하고 편안하기를 바라고 있다. 육유는 이로부터 1년 후인 34세 때에 영덕현주부寧德縣主簿로 임명되어 관직에 나아갔다.

병 중에 쓰다

늙은 학은 요동 하늘에서 흥이 다하지 않건만

이내 생의 시간은 바삐 지나기만 하네.

집은 잠시 만나는 여관이니

몸은 단단히 짐 꾸려 떠나려 하는 중이네.

껄끄러운 눈은 여전히 책에 재미가 있고

외로운 시름은 술도 소용없음을 느끼네.

창 휘두르고 격문 쓰던 일을 지금 누가 기억하리?

늙어 강가에 사는 백발노인인 것을.

病中作

老鶴遼天興未窮,[1] 此生光景自忽忽.

家爲逆旅相逢處,[2] 身在嚴裝欲發中.

澀眼尙于書有味,[3] 孤愁殊覺酒無功.[4]

揮戈草檄今誰記, 歲晚江邊白髮翁.

【해제】

60세 때인 순희淳熙 11년1184 가을 산음山陰에서 쓴 것으로, 병든 노년의 삶에 대한 회한을 나타내고 있다.

【주석】

1 遼天(요천) : 요동 하늘. 학이 되어 요동으로 날아온 정령위(丁令威)를 가리
킨다. 앞의 권2「천왕광교원은 즙산 동쪽 산기슭에 있는데,(天王廣敎院在戢
山東麓,)」주석 6 참조.

2 逆旅(역려) : 나그네를 맞이하는 곳. 여관(旅館)을 의미한다.

3 澁眼(삽안) : 껄끄러운 눈. 윤기나 총기가 없는 눈을 가리키며, 노인의 눈을 비
유한다.

4 無功(무공) : 공이 없다. 아무런 효과가 없는 것을 말한다.

【해설】

이 시에서는 인생의 촉박함과 유한함을 말하며 세상은 잠시 머물렀
다 떠나는 곳에 불과함을 말하고 있다. 이어 홀로 독서 하며 지내는 노
년의 삶을 말하며 젊은 시절의 호방했던 모습을 찾아볼 수 없는 노쇠
한 자신을 안타까워하고 있다.

등불 아래에서 매화를 보며

열흘 넘게 비바람 몰아쳐 난간에 기대기도 겁이 나

매화 꺾어와 등불로 가서 본다네.

매화는 정이 있어 응당 작년의 이별을 기억하련만

잠 못 이루며 차가운 맑은 밤을 어찌하지 못했네.

병석에서 일어나 지팡이 짚으니 그윽한 흥이 생겨나고

봄 느지막이 술 들고 가니 늦은 만남이 즐겁기만 하네.

울타리 동쪽 몇 그루가 특히 빼어나니

날마다 만족 아이 종에게 길이 말랐는지 살펴보게 하네.

燈下看梅

風雨經旬怯倚闌, 梅花折得就燈看.

有情應記去年別,[1] 無寐不禁淸夜寒.

病起支筇幽興在,[2] 春遲載酒後期寬.[3]

籬東數樹尤奇絶, 日遣蠻童候路乾.[4]

【해제】

71세 때인 경원慶元 원년1195 겨울 산음山陰에서 쓴 것으로, 매화에 대한 극진한 사랑이 나타나 있다.

『검남시고』에서는 제3구의 '기記'가 '기寄'로, 제5구의 '지호'가 '지槎'

로 되어 있다.

【주석】

1 去年別(거년별) : 작년의 이별. 매화가 지던 작년의 일을 가리킨다.

2 支筇(지공) : 지팡이에 의지하다.

3 載酒(재주) : 술을 지니다, 휴대하다.

4 候(후) : 살펴보다, 정찰하다.

   蠻童(만동) : 만족(蠻族) 출신의 아이 종.

【해설】

이 시에서는 열흘이 넘는 비바람으로 인해 밖으로 나가지 못해 매화를 볼 수 없었음을 말하며, 가지라도 꺾어와 등불 아래에서 매화를 보는 것으로 위안을 삼고 있다. 이어 매화 피기를 기다렸던 초조한 마음과 마침내 늦게나마 매화를 즐기게 된 기쁨을 말하고, 매일 같이 매화 구경 가기 위해 길의 상황을 묻고 있는 모습이 나타나 있다.

강가 누각에서 취중에 쓰다

백 개의 술통에 흠뻑 취하고 강가 누각에서 연회 하며

촛불 쥐고 붓 휘두르니 기상은 오히려 강건하네.

천상 세상에선 다만 별이 술 붓는 소리 들리거늘

인간 세상에선 어찌하여 땅에 근심을 묻고 있는지?

살아서는 비장군이라 불린 이광이길 바라고

죽어서는 취한 제후에 추증된 유령이길 원한다네.

희롱하는 말에 아름다운 여인이 자주 한 번씩 웃어주니

금성에서 이미 육 년을 머물렀다네.

江樓醉中作

淋漓百榼宴江樓,[1] 秉燭揮毫氣尙遒.[2]

天上但聞星主酒,[3] 人間寧有地埋憂.

生希李廣名飛將,[4] 死慕劉伶贈醉侯.[5]

戲語佳人頻一笑, 錦城已是六年留.[6]

【해제】

53세 때인 순희淳熙 4년1177 10월 성도成都에서 쓴 것으로, 공업을 이루지 못한 회한을 술로 위안하고 있다.

원문과 『검남시고』 모두 마지막 구 다음에 "한유 시에 '월녀가 한 번

웃으면 삼 년을 머무르네'라 하였다退之詩, 越女一笑三年留"라는 자주自注가 있으며, 『검남시고』에서는 자주에서 '시詩'가 '시운詩云'으로 되어 있다. 한유 시의 제목은 「유생劉生」이다.

【주석】

1 淋漓(임리) : 흠뻑 젖은 모양. 술에 흠뻑 취하는 것을 의미한다.

2 遒(주) : 씩씩하다, 강건하다.

3 主(주) : 물을 붓다, 술을 따르다. '주(注)'와 같다.

4 李廣(이광) : 한대(漢代)의 명장. 『사기(史記)·이장군열전(李將軍列傳)』에 따르면 이광이 우북평군(右北平郡)의 태수로 있을 때 흉노가 이를 듣고는 그를 '한(漢)의 비장군(飛將軍)'이라 부르며 수년 동안 피하면서 감히 우북평군으로 들어오려 하지 않았다.

5 劉伶(유령) : 서진(西晉)시기 죽림칠현(竹林七賢) 중의 하나로 술로 명성이 높았으며, 사후에 추후(醉侯)에 추증되었다.

6 錦城(금성) : 성도(成都). '금관성(錦官城)'이라고도 하며, 성도 부근의 금강(錦江)에서 명칭이 유래하였다.

【해설】

이 시에서는 강가 누각에서 밤새 연회 하며 술과 시로 호탕하게 즐기고 있는 모습이 나타나 있다. 그러나 그의 호방함은 현실에 이루지 못한 울분의 표출이었으니, 별이 술 따르는 소리만 들리는 천상 세상과 땅에다 근심을 파묻고 있는 인간 세상을 대비하여 이를 나타내고 있다. 이어 살아서는 이광李廣이 되어 큰 공을 세우고, 죽어서는 유령劉伶이 되어 술과 함께 지내고 싶은 바람을 말하고 있다. 마지막에서는 월 땅 여인의 웃음에 반해 한 번 웃음에 삼 년을 머물렀다는 한유의 시를 인용하며 아무런 공업도 이루지 못한 채 오랜 기간 성도에 머물고 있는 자신의 처지를 해학적으로 나타내고 있다.

간곡정선육방옹시집
澗谷精選陸放翁詩集

권7

육유(陸游) 무관(務觀) 찬(撰)

나의(羅椅) 자원(子遠) 선(選)

칠언율시七言律詩(30수)

이른 봄에 흥을 보내어 3수를 쓰는데 처음에는 물러나 쉬는 것에 뜻을 두었다가 끝에서는 충심으로 나라에 헌신하니, 역시 신하된 자의 대의이다

깊이 생각해보면 높은 관직은 두렵고
물러나 있어도 마음은 가볍고 평안함에 기쁘기만 하네.
물고기를 버리고 곰 발바닥을 얻을 수 있으니
고기를 먹는데 어찌 말의 간 맛을 알 필요 있으리?
바라보니 버들가지 끝은 이제 막 속에서 꿈틀대고
꽃 시들은 매실에는 이미 미세한 신맛이 들었네.
옷 저당잡아 남은 돈으로 강가에서 취하니
세상 끝 괴롭기만 하고 즐거움 적다 말하지 말지니.

큰 은자는 유유자적하여 관직을 버리지 않으니
봉록이 비록 적어도 마음은 편안하다네.
사람이 득의하면 달팽이 뿔 위에서 뽐내니
하늘이 어찌 나를 쥐의 간이 되게 하리?
좋은 날 마음껏 바둑 두며 나그네 회한을 잊고
짧은 옷에 말 타고 활 쏘며 유생의 고통을 누른다네.
작은 복숭아나무와 버들들이 시절을 다투니
강가로 술 들고 가 즐거움을 다한다네.

백발의 처량한 옛 사관이어,

십 년 동안 장안에 가지 못하였네.

지금 하늘 끝에 있으며 몸과 그림자를 애도하니

어느 때에나 임금 앞에서 나의 폐와 간을 쏟아내리?

고분편이 이루어지니 글은 격렬하고

오희가가 끝나니 뜻은 괴롭기만 하네.

이러한 마음을 말하려 해도 함께할 사람 없으니

어찌하면 늘 좋아하는 사람과 짝할 수 있으리?

初春遣興三首, 始於志退休, 而終於惓惓許國, 亦臣子大義也[1]

爛熟思來怕熱官,[2] 退飛心地喜輕安.[3]

捨魚正可取熊掌,[4] 食肉何須知馬肝.[5]

放眼柳梢初暗動, 褪花梅子已微酸.

典衣剩作江頭醉,[6] 莫謂天涯苦鮮歡.

大隱悠悠未棄官,[7] 俸錢雖薄却心安.

人方得意矜蝸角,[8] 天豈使予爲鼠肝.[9]

佳日劇棋忘旅恨, 短衣馳射壓儒酸.[10]

小桃楊柳爭時節, 載酒江頭罄一歡.[11]

白髮淒涼故史官,¹² 十年身不到長安.

即今天末弔形影,¹³ 何日上前傾肺肝.

孤憤書成詞激烈,¹⁴ 五噫歌罷意辛酸.¹⁵

此懷欲說無人共, 安得相攜素所歡.

【해제】

54세 때인 순희^{淳熙} 5년1178 정월 성도成都에서 쓴 것으로, 나라를 위해 헌신하고자 하는 자신의 뜻이 실현되지 못하고 있는 현실을 안타까워하고 있다.

『검남시고』에서는 제목에서 '삼수三首'가 빠져 있고, '시어始於' 이하가 자주自注로 되어 있으며 '허국許國' 다음에 '지충之忠'이 추가되어 있다.

【주석】

1 惓惓(권권) : 충심이 가득한 모양.

2 爛熟(난숙) : 익어 문드러지다. 오래도록 여러 가지로 심사숙고하는 것을 말한다.

　　熱官(열관) : 권세가 높은 관리.

3 退飛(퇴비) : 새가 날아가다 바람을 만나 물러나다. 어려움을 만나 위축된 상태에 있는 것을 의미하며, 여기서는 남정을 나와 성도에서 머물고 있는 자신의 상황을 말한다.

　　輕安(경안) : 가볍고 평안하다.

4 取熊掌(취웅장) : 곰 발바닥을 취하다. 『맹자(孟子)·고자상(告子上)』에 "물고기는 내가 바라는 것이고 곰 발바닥도 내가 바라는 것이다. 두 가지를 함께 얻을 수 없다고 한다면 물고기를 버리고 곰 발바닥을 취하겠다(魚, 我所欲也, 熊掌, 亦我所欲也. 二者不可得兼, 舍魚而取熊掌者也)"라 한 것을 인용한 것으로, 자신이 더 좋아하는 일을 하게 된 것을 말한다.

5 馬肝(마간) : 말의 간. 독이 있어 사람이 먹으면 죽는다고 한다.

6 典衣(전의) : 옷을 저당잡다.

7 大隱(대은) : 커다란 은자. 몸은 조정이나 세간에서 있으면서 뜻이 심원한 사람을 가리킨다.

8 蝸角(와각) : 달팽이 뿔. 하찮고 미미한 지위를 의미한다.

9 鼠肝(서간) : 쥐의 간. 작고 사소한 것을 비유한다.

10 儒酸(유산) : 유생이 겪는 고통이나 곤궁함.

11 罄(경) : 비다, 다하다.

12 史官(사관) : 문서나 전적을 관장하고 역사의 기록과 편찬을 담당하는 관원. 여기서는 조정의 관원을 의미하며 육유 자신을 가리킨다.

13 天末(천말) : 하늘 끝. 여기서는 도성에서 멀리 떨어져 있는 촉(蜀) 지역을 가리킨다.

14 孤憤書(고분서) : 고분 편의 책. 『한비자(韓非子)』의 편명(篇名)이다.

15 五噫歌(오희가) : 다섯 탄식의 노래. 동한(東漢) 양홍(梁鴻)이 동쪽 관문 밖으로 나갈 때 도성을 지나면서 불렀던 노래로, 총 다섯 구에서 마지막마다 '희(噫)'를 써서 탄식을 나타내었다.

【해설】

이 시에서는 현실의 좌절감으로 인한 시인의 복잡한 심경이 잘 나타나 있다.

제1수에서는 평온하게 지내는 시간의 기쁨을 말하며 성도로 물러나와 있는 자신의 처지를 애써 위안하고 있다.

제2수에서는 공업 성취와 인생 득의의 부질없음을 말하면서도 끝내 떨쳐 버리지 못하는 회한을 나타내고 있다.

제3수에는 자신의 포부를 실현할 기회가 주어지지 않는 현실을 탄식하며 자신과 뜻을 함께하고 동고동락할 수 있는 사람을 고대하고 있다.

은거하며 쓰다

인간 세상 고통스러워 화합할 수 없다 한스러워 말지니

태평 시절에 고향으로 돌아오는 즐거움은 있다네.

이미 오래도록 고생했기에 편안히 누울 수 있고

게다가 거리낌 없이 호탕했기에 보잘것없는 몸을 지킬 수 있었네.

고상한 말하려 하니 객이 오는 소리 들리고

함께 술이나 약간 할까 생각하는데 꽃이 피었다 알려오네.

분분히 다투고 빼앗은들 무슨 일을 이루리?

백골에 이끼 끼니 그저 슬프기만 하네.

幽居書事

莫恨人間苦不諧, 淸時有味是歸來.**1**

已因積毀成高臥,**2** 更借陽狂護散才.**3**

正欲淸言聞客至,**4** 偶思小飮報花開.

紛紛爭奪成何事, 白骨生苔但可哀.

【해제】

59세 때인 순희淳熙 10년1183 8월 산음山陰에서 쓴 것으로, 은거 생활의 평안함과 공명의 덧없음을 말하고 있다.

『검남시고』에서는 제1구의 '한恨'이 '탄歎'으로 되어 있으며, 총2수 중 제1수이다.

【주석】

1 淸時(청시) : 태평한 시절.

2 積毁(적훼) : 훼방(毁謗)이 누적되다. 고생이 오래도록 이어진 것을 가리킨다.

   高臥(고와) : 베개를 높이 하고 눕다. 은거하는 삶을 비유한다.

3 陽狂(양광) : 광폭함을 드러내다. 거리낌 없이 호탕하게 행동하는 것을 말한다.

   散才(산재) : 평범한 재능. 자신에 대한 겸손의 표현이다.

4 淸言(청언) : 맑고 고상한 말. 청담(淸談).

【해설】

이 시에서는 고난으로 가득한 인생이지만 그래도 태평성세를 맞아 고향으로 돌아오는 즐거움은 있음을 말하고, 그나마 오랜 고생을 겪었기에 만년에 편안한 삶을 누릴 수 있으며 거리낌 없이 행동했었기에 미천한 몸이나마 보전할 수 있었음을 다행으로 여기고 있다. 이어 때맞춰 찾아온 객과 피어난 꽃 때문에 고상한 대화와 더욱 흥겨운 술자리를 할 수 있게 된 것에 기뻐하며, 부귀영화에 초탈한 심경과 유한한 인생에 대한 감회를 나타내고 있다.

옛날을 생각하며

옛날 서쪽을 노니며 이름 바꾸었던 때를 생각하니

푸줏간을 에워싸고 사냥하며 영웅호걸들과 어울렸었네.

마음껏 술 마시며 흠뻑 취하니 드넓은 하늘도 좁아 보이고

가슴 복받쳐 미친 듯 노래하니 화산도 기울어졌네.

굳센 장사는 늙음을 슬퍼하는 마음이 있고

궁벽한 이는 공명을 가까이할 길이 없네.

내 생애 오직 시만 있는 것이 스스로도 우습기만 하니

돌아와 파초 심으며 빗소리 듣는다네.

憶昔

憶昔西遊變姓名,[1] 獵圍屠肆狎豪英.[2]

淋漓縱酒滄溟窄,[3] 慷慨狂歌華岳傾.[4]

壯士有心悲老大, 窮人無路近功名.

生涯自笑惟詩在, 旋種芭蕉聽雨聲.

【해제】

55세 때인 순희淳熙 6년[1179] 7월 건안建安에서 쓴 것으로, 촉蜀 지역에서의 삶을 회상하고 있다.

『검남시고』에서는 제2구의 '압狎'이 '압押'으로 되어 있다.

1 變姓名(변성명) : 이름을 바꾸다. 성도에 있을 때 스스로를 방탕한 늙은이라
  는 뜻의 '방옹(放翁)'이라 부른 일을 가리킨다.

2 屠肆(도사) : 도살장, 푸줏간.

3 淋漓(임리) : 흠뻑 젖다. 술에 흠뻑 취한 것을 가리킨다.

  滄溟(창명) : 높고 아득한 하늘.

4 華岳(화악) : 화산(華山). 오악(五岳) 중 서악(西岳)으로, 태화산(太華山)이
  라고도 한다. 지금의 섬서성 화음현(華陰縣) 남쪽에 있다.

【해설】

이 시에서는 스스로를 방옹放翁이라 칭하며 영웅호걸들과 어울려 호
탕하게 사냥하고 술 마셨던 촉 지역에서의 생활을 회상하고, 덧없이
늙어가는 장사와 공명을 이룰 기회를 얻지 못하는 궁벽한 사람에 자신
을 비유하며 당시의 드높았던 기개와 가슴속 가득했던 울분을 나타내
고 있다. 마지막에는 시에서의 성취만 남아 있는 자신의 삶을 자조하
며 고향으로 돌아와 은거하고 있는 현실을 말하고 있다.

봄날 매우 맑고 따스하여 서쪽 시장의 유씨 집 정원을 노닐다

이름난 정원에 말을 멈추고 반나절을 머무르니

거미줄과 나는 나비 둘 다 한가로운데,

급작스러운 따스함은 해당화를 피우지 못하고

길어진 날은 다만 앵무새의 시름만 더할 뿐이네.

늙어가며 시도 술도 줄어가는 것에 스스로 놀라는데

나그네 신세로 세월이 빠름을 유독 느끼네.

동풍은 고향 돌아가는 꿈을 잘 불러주니

송강의 낚싯배에 나를 실어주네.

春晴暄甚, 遊西市游家園

稅駕名園半日留,[1] 遊絲飛蝶兩悠悠.[2]

驟暄不爲海棠計,[3] 長晝只添鸚鵡愁.[4]

老去自驚詩酒減, 客中偏覺歲時遒.[5]

東風好爲吹歸夢, 着我松江弄釣舟.[6]

【해제】

52세 때인 순희淳熙 3년1176 2월 성도成都에서 쓴 것으로, 봄날 정원을 유람하는 감회를 나타내고 있다.

【주석】

1 稅駕(세가) : 말의 멍에를 풀다. 말을 멈추고 머무르는 것을 의미한다.

2 遊絲(유사) : 거미줄.

  悠悠(유유) : 편안하고 한가로운 모양.

3 驟暄(취훤) : 갑자기 찾아온 따스함. 봄이 되어 급작스럽게 기온이 올라간 것을 말한다.

  海棠計(해당계) : 해당화의 계책. 해당화를 피우는 것을 의미한다.

4 鸚鵡愁(앵무수) : 앵무새의 시름. 낮이 길어져 찾아오는 유람객이 많아져 앵무새의 하루가 고된 것을 가리킨다.

5 遒(주) : 급하다, 빠르다.

6 着(착) : 부착하다. 여기서는 배에 태우는 것을 말한다.

  松江(송강) : '오송강(吳松江)', 또는 '오송강(吳淞江)'이라고도 하며, 태호(太湖)로 들어가는 강이다. 여기서는 산음 지역의 강을 가리킨다.

【해설】

이 시에서는 성도의 유씨 정원을 유람하며 거미줄이 생겨나고 나비가 날아다니는 모습을 통해 봄을 맞은 정원의 생동감 있고 한가로운 정경을 나타내고 있다. 또한 갑자기 따뜻해진 날씨에 아직 피어나지 않은 해당화와 길어진 낮에 고된 하루가 이어지고 있는 앵무새를 통해 뜻을 이루지 못한 자신의 처지와 타향에서의 고단한 관직 생활에 대한 시름을 기탁하고 있다. 이어 타향에 있으며 갈수록 노쇠해져 가는 자신과 세월의 빠른 흐름을 탄식하고 있으며, 마지막에는 동풍에 잠든 꿈속에서나마 고향에 돌아가 고향의 강에서 한가로이 낚시하고 있음을 말하고 있다.

이월 이십 사일에 쓰다

해당화 배꽃 피어 춘사일 술은 진하고

남촌 북촌에서 둥둥 북소리 울리네.

장차 보리 익어 배불리 먹을 수 있기를 기원하니

감히 곡식값 싸지기를 말해 농민들을 해치게 하리?

만 리 밖 애주로 가혹한 관리는 쫓겨났거늘

호남에선 언제나 잠룡이 일어나리?

다만 여러 현자가 조정에 모여들고

서생은 죽음을 다해 제후에 봉해지길 바라네.

二月二十四日作

棠梨花開社酒濃,**1** 南村北村鼓鼕鼕.**2**

且祈麥熟得飽飯, 敢說穀賤復傷農.**3**

崖州萬里竄酷吏,**4** 湖南幾時起臥龍.**5**

但願諸賢集廊廟,**6** 書生窮死勝侯封.**7**

【해제】

32세 때인 소흥紹興 26년1156 봄 산음山陰에서 쓴 것으로, 새로운 시
대에 대한 희망과 공업 수립의 소망을 나타내고 있다.

1 社酒(사주) : 춘사일(春社日)이나 추사일(秋社日)에 토지신에게 제사 지내
는 술.

2 鼕鼕(동동) : 의성어. 북이 울리는 소리.

3 穀賤(곡천) : 곡물값이 싸다. 풍년이 들어 곡물값이 떨어지는 것을 말한다.

4 酷吏(혹리) : 가혹한 관리. 여기서는 조영(曹泳)을 가리킨다. 지임안부(知臨
安府)로 있으며 혹정을 일삼다가 진회(秦檜) 사후에 탄핵을 받아 애주(崖州)
로 좌천되었다.

5 臥龍(와룡) : 잠룡(潛龍). 기회를 얻지 못하고 있는 뛰어난 인재를 비유하는
말로, 여기서는 장준(張浚)을 가리킨다. 남송의 명장이자 주전파(主戰派)의
대표적인 인물로, 진회의 미움을 받아 연주(連州)와 영주(永州) 등 호남(湖
南) 지역으로 좌천되었다. 당시 진회가 이미 죽었음에도 아직 등용되지 못하
고 여전히 침주(郴州)에 있었다.

6 廊廟(낭묘) : 행랑과 태묘(太廟). 조정(朝廷)을 가리킨다.

7 勝(승) : 받다.
侯封(후봉) : 제후에 봉해지다. 큰 공을 세우는 것을 가리키며, 여기서는 북벌
의 완수를 의미한다.

【해설】

이 시에서는 춘사일을 맞은 농촌의 떠들썩한 모습을 묘사하며, 자신
이 풍년을 기원하는 것은 다만 백성들이 배불리 먹고살 수 있길 바라

서이지 곡식값이 싸지기를 바라 결국 농민들에게 해가 되고자 함이 아님을 말하고 있다. 이어 혹정을 일삼던 진회의 무리가 다 사라졌지만 장준 같은 인재가 아직 등용되지 못하고 있는 현실을 안타까워하고, 조정에 나아가 자신의 큰 뜻을 실현하고 싶은 소망을 나타내고 있다.

현을 나서며

바쁜 공무는 말할 수도 없으니

관사를 나와서야 오랜 나그네의 혼이 편안해지네.

소 지나는 논두둑에 진흙은 생기 있고

다리 무너진 연못에 비는 어둑한데,

무궁화 울타리는 약초를 보호하느라 겨우 길이 통하고

대나무 홈통은 샘물을 통하여 마을 곳곳에 이어지네.

돌아가려는 생각 이루지 못했지만 머무는 것도 좋으니

시름겨운 애간장으로 오 땅을 맴돌 필요는 없다네.

出縣

忽忽簿領不堪論,**1** 出宿聊寬久客魂.

稻畦牛行泥活活,**2** 野塘橋壞雨昏昏.**3**

槿籬護藥纔通徑, 竹筧通泉自遍村.**4**

歸計未成留亦好, 愁腸不用遶吳門.**5**

【해제】

35세 때인 소흥紹興 29년1159 복주福州에서 쓴 것으로, 타향에서 관직 생활을 하는 감회를 나타내 있다.

『검남시고』에서는 제1구의 '총총忽忽'이 '박박薄薄'으로, 제6구의 '통

通’이 ‘분分’으로 되어 있다.

【주석】

1　簿領(부령) : 관부에서 기록하는 장부나 문서.

2　活活(활활) : 생기가 가득한 모양.

3　昏昏(혼혼) : 어둑한 모양.

4　竹筧(죽견) : 대나무를 이어 물이 통하게 만든 관(管).

5　愁腸(수장) : 시름겨운 애간장. 향수로 인한 시름을 가리킨다.

　　吳門(오문) : 오 땅. 고향 산음 지역을 가리킨다.

【해설】

　이 시에서는 바쁜 공무 생활 중에 잠깐 짬을 내어 관사에서 벗어나니 그나마 객지 관직 생활의 노고를 잊을 수 있음을 말하고, 마을 곳곳을 거닐며 복주 농촌 마을의 평화롭고 아름다운 정경을 감상하고 있다. 이어 늘 고향으로 돌아갈 생각만 가득했으나 이곳 또한 고향처럼 머물 만한 곳임을 말하며 깊고 오랜 향수에서 벗어나고자 하고 있다.

새벽에 일어나 우연히 쓰다

성은 멀어 길고 짧은 물시계 소리 들리지 않고

사찰의 종과 북소리는 절로 분명하네.

은거하고 있으니 가을 잠을 마다하지 않고

낮은 자리에 있으니 세상의 정을 도리어 잘 안다네.

대사가 다시금 무너지는 것을 어찌 견디리?

궁벽한 이는 공명과 함께하기 어렵구나.

화로와 흡주의 그릇이 내 생애에도 있으리니

짐짓 식은 토란국을 맛본다네.

晨起偶題

城遠不聞長短更,[1] 上方鐘鼓自分明.[2]

幽居不負秋來睡, 末路偏諳世上情.[3]

大事豈堪重破壞, 窮人難與共功名.

風爐歕鉢生涯在,[4] 且試新寒芋糝羹.[5]

【해제】

39세 때인 융흥隆興 원년1163 산음山陰에서 쓴 것으로, 공명을 이룰 기회를 얻지 못하는 안타까움을 나타내고 있다.

【주석】

1   長短更(장단경) : 길고 짧은 물시계 소리. '경(更)'은 경루(更漏)를 가리키며
     밤 시간을 재는 물시계이다. 고대에는 밤을 오경(五更)으로 나누어 물시계로
     시간을 구분하였다.

2   上方(상방) : 절의 주지가 거처하는 방. 일반적으로 사찰을 의미한다.

3   末路(말로) : 낮은 자리, 말석(末席).

4   風爐(풍로) : 화로의 일종. 고대에 차나 술 등을 데워 마시는 용도로 사용하였다.
     歙鉢(흡발) : 고대 흡주(歙州)에서 생산한 바리때. 품질이 좋은 그릇을 의미
     한다. 흡주는 지금의 안휘성 흡현(歙縣)이다.

5   芋糝羹(우삼갱) : 쌀가루를 넣어 끓인 토란국.

【해설】

육유는 34세 때인 소흥紹興 28년1158에 영덕현주부寧德縣主簿로 첫 관
직을 시작하였고, 36세 때인 소흥紹興 30년1160에 임안臨安으로 들어와
칙령소산정관勅令所刪定官 등을 지냈다. 이후 39세 때인 융흥隆興 원년1163
5월 진강통판鎭江通判으로 임명되어 잠시 고향으로 돌아와 머물렀으며,
그해 겨울 진강鎭江으로 부임하였다.

이 시는 진강으로 부임하기 전 산음에서 쓴 것으로, 자신의 포부와
는 달리 지방 말직을 전전하고 있는 현실에 대한 감회가 나타나 있다.
시에서는 고향에 머무르며 가을 잠을 즐기는 자신을 낮은 자리에 있는
사람이라 자조하고, 공명을 이루지 못하고 있는 것에 회한을 나타내고

있다. 그러나 자신에게도 언젠가는 공업실현의 기회가 찾아올 것이라 믿으며, 식은 토란국을 먹는 모습을 통해 현실의 고통을 견뎌내고자 하는 의지를 나타내고 있다.

한식날 임천의 길에서

온갖 꽃들은 모두 남아 있지 않고

개울에 떨어진 버들솜은 흔적조차 없네.

집안사람들은 청명절을 즐기는데

늙은이가 와서 녹음 짙은 마을을 지나가네.

해 저물어 우는 까마귀는 들녘 끝을 따라 날아가고

비 그쳐 무성한 덩굴은 무너진 담을 타고 오르네.

길가에서 배불리 취하는 것을 피하지 말지니

관리라 한들 무덤에서 걸식함이 어찌 부끄러우리.

寒食臨川道中¹

百卉千花了不存, 墮溪飛絮看無痕.²

家人自作淸明節, 老子來穿綠暗村.³

日落啼鴉隨野祭, 雨餘荒蔓上頹垣.

道邊醉飽休相避, 作吏堪羞甚乞墦.⁴

【해제】

42세 때인 건도乾道 2년1166 봄 임천臨川에서 쓴 것으로, 타향에서 한식날을 맞은 감회를 나타내고 있다.

1 臨川(임천) : 송대 무주(撫州) 임천군(臨川郡)으로, 지금의 강서성 무주시(撫州市) 임천구(臨川區)이다.

2 飛絮(비서) : 버들솜.

3 老子(노자) : 늙은이. 여기서는 자신을 지칭한다.

4 作吏(작리) : 관리가 되다. 당시 육유는 융흥부통판(隆興府通判)으로 있었다.
乞墦(걸번) : 무덤에서 걸식하다. 『맹자(孟子)・이루하(離婁下)』에 나오는 제(齊)나라 사람 이야기로, 무덤에서 제사 음식을 구걸하고 다니며 배불리 먹고 취하면서도 처첩에게는 부귀한 이들에게서 대접받았다고 거짓말을 하였다. 후에 사실을 알게 된 처첩은 꾸짖고 울며 이를 부끄러워하였다.

【해설】

이 시에서는 이미 꽃들은 다 지고 무성한 녹음으로 가득한 한식날의 풍경과 타향에서 홀로 청명절을 보내고 있는 자신을 말하고 있다. 이어 비 그친 저물녘의 경관을 묘사하며 쓸쓸한 자신의 심경과 생명력 넘치는 계절을 대비하고, 비록 관원의 신분이지만 길에서 걸식하는 것을 부끄러워하지 않으며 일반 사람들과 함께 어울려 청명절을 즐기고 있다.

초여름 길에서

뽕나무 사이 오디는 익고 보리는 허리춤까지 자랐는데

꾀꼬리 소리는 맑고 들꿩은 건장하네.

해거름에 인가에선 누에에 볕을 쬐고

비 그친 후 산촌 사람은 물고기 밥을 파네.

풍년이라 곳곳에서 즐거움 함께할 수 있는데

돌아오는 길은 끝내 즐겁지가 않다네.

다만 이 몸 강건함이 기쁘니

다시금 부채 흔들어 가느다란 파초에 부치네.

初夏道中

桑間甚熟麥齊腰, 鶯語惺惚野雉驕.**1**

日薄人家曬蠶子, 雨餘山客買魚苗.**2**

豐年隨處俱堪樂, 行路終然不自聊.**3**

獨喜此身強健在, 又搖團扇着絺蕉.**4**

【해제】

42세 때인 건도乾道 2년1166 4월 융흥부통판隆興府通判에서 파직되어 산음山陰으로 돌아오는 도중 쓴 것으로, 파직의 아쉬움과 미래에 대한 희망이 나타나 있다.

【주석】

1 惺惚(성총) : 소리가 맑고 선명한 모양.

2 魚苗(어묘) : 물고기 사료용으로 쓰이는 작은 물고기.

3 聊(료) : 즐겁다.

4 絺蕉(치초) : 가느다란 파초(芭蕉). 여기서는 아직 실현되지 못한 공업 수립을 비유한다.

【해설】

이 시에서는 풍년을 맞은 초여름 농촌 마을의 한가롭고 여유로운 경관을 묘사하며 파직되어 고향으로 돌아가고 있는 자신의 우울한 심정과 대비하고 있다. 그러나 몸이 아직 건강하고 의지 또한 변함없이 굳셈을 말하며, 가는 파초에 부채를 부치는 행위를 통해 스스로를 격려 위안하고 미래에 대한 희망과 기대를 나타내고 있다.

흐린 봄날

봄바람 호탕하게 불어 흐린 봄날이지만

어린 제비 돌아오는 것은 막을 수가 없다네.

백탑은 어둑하여 겨우 반 정도 드러나고

청산은 담담하여 평평하게 가라앉으려 하네.

갖옷의 털은 가는 비에 젖어 이내 놀라고

나막신 굽 자국은 새로 생긴 진흙에 홀연 깊다네.

다만 누각 높아 나그네 시름 생겨날까 두려워하니

병석에서 일어나 올라가 바라보기 귀찮아서가 아니라네.

春陰

春風浩蕩作春陰,¹ 弱燕歸來不自禁.

白塔昏昏纔半露,² 靑山淡淡欲平沉.³

裘茸細雨初驚濕,⁴ 屐齒新泥忽已深.⁵

直怕樓高生客恨, 不因病起倦登臨.⁶

【해제】

46세 때인 건도^{乾道} 6년1170 봄 산음山陰에서 쓴 것으로, 흐린 봄날에 바라본 산음 주위의 경관을 묘사하고 있다.

【주석】

1 春陰(춘음) : 봄날의 흐릿한 날씨.

2 白塔(백탑) : 경호(鏡湖) 주위에 있는 밭 이름. 경호의 물이 빠져 만들어졌다 하여 백탑양(白塔洋)이라 하였으며, 줄여서 이와 같이 불렀다.

3 淡淡(담담) : 색이 엷은 모양.

　　平沉(평침) : 평지와 같은 높이로 낮아지다.

4 裘茸(구용) : 갖옷의 털.

5 屐齒(극치) : 나막신 굽.

6 登臨(등림) : 높은 곳에 올라 아래를 내려다보다.

【해설】

이 시에서는 거세게 부는 바람과 어린 제비를 통해 봄을 특징적으로 말하고, 흐리고 가랑비가 내리는 봄날의 경관을 자연 사물과 인간 사물의 대비를 통해 나타내고 있다. 마지막 2구에서는 나그네 시름이 생길까 두려워 누각에 오르지 않는다고 말하고 있는데, 그 자신이 나그네가 아닌 이상 실은 그가 병석에 있기 때문에 누각에 오르지 못하고 있는 것임을 짐작할 수 있다.

빗속에 조둔에 정박하며

돌아가는 제비와 날아가는 기러기에 모두 혼이 끊어지는데

물억새꽃과 단풍잎 속 외로운 마을에 정박하네.

바람이 어두운 물결에 불어와 닻줄을 다시 더하고

비가 새로운 한기 보내니 반쯤 문을 닫아두네.

어시장 인가의 연기는 처연하게 드리워져 있고

용사의 퉁소 북소리는 황혼 녘에 소란하네.

이 몸 그래도 강건하여 여한은 없으니

가는 길 비록 힘들어도 다시 말하지 않는다네.

雨中泊趙屯[1]

歸燕羈鴻共斷魂, 荻花楓葉泊孤村.[2]

風吹暗浪重添纜, 雨送新寒半掩門.

漁市人煙橫慘淡,[3] 龍祠簫鼓鬧黃昏.[4]

此身且健無餘恨, 行路雖難莫更論.

【해제】

46세 때인 건도乾道 6년1170 8월 기주夔州로 부임하며 조둔趙屯을 지날 때 쓴 것으로, 어촌 마을의 가을 저녁 풍경을 묘사하며 여행의 감회를 나타내고 있다.

『검남시고』에서는 제목이 「빗속에 조둔에 머물며 느낀 바 있어雨中泊
趙屯有感」로 되어 있으며, 제5구의 '어漁'가 '어魚'로 되어 있다.

【주석】

1 趙屯(조둔) : 지명. 조둔성(趙屯城)이라고도 하며, 지금의 강서성 구강시(九

   江市) 팽택현(彭澤縣) 동북쪽 지역이다.

2 荻花(적화) : 물억새 꽃.

3 慘淡(참담) : 애처롭고 처량하다.

4 龍祠(용사) : 용신에게 제사 지내는 사당.

【해설】

이 시에서는 남과 북으로 날아가는 제비와 기러기를 통해 멀고 고된
여행길을 가고 있는 자신의 심정을 기탁하고, 물결 위 불어오는 바람
과 이제 막 느껴지는 한기를 통해 시간의 흐름을 나타내고 있다. 이어
저물녘 어촌 마을의 처연한 경관을 묘사하며, 비록 힘든 여행길이지만
몸과 정신이 강건하여 이를 능히 극복할 수 있음을 말하고 있다.

매서운 추위에 강릉 서문을 나서

새벽녘에 여윈 말 타고 서문을 나서니

옅은 해와 차가운 구름이 서로 삼키고 토해내네.

취한 얼굴에 바람 부딪혀 쉽게 술 깨는 것에 놀라고

겹겹 갖옷에 손 끼워 넣어 약간의 따스함을 취한다네.

어지러이 여우와 토끼는 깊은 풀숲에 숨고

점점이 소와 양은 먼 마을로 흩어지네.

산천 때문에 강개함이 많은 것은 아니니

시절이 궁벽하여 나그네 절로 혼이 녹는다네.

大寒出江陵西門[1]

平明羸馬出西門,[2] 淡日寒雲互吐呑.

醉面衝風驚易醒, 重裘藏手取微溫.[3]

紛紛狐兔投深莽, 點點牛羊散遠村.

不爲山川多慷慨, 歲窮遊子自消魂.[4]

【해제】

46세 때인 건도乾道 6년1170 9월 기주虁州로 부임하며 강릉江陵을 지날 때 쓴 것으로, 초가을 스산한 풍경을 묘사하며 자신의 침울한 심경을 기탁하고 있다.

『검남시고』에서는 제2구의 '호弖'가 '구久'로, 제7구의 '강慷'이 '감感'으로 되어 있다.

【주석】

1 平明(평명) : 날이 밝아올 무렵. 여명(黎明).

   江陵(강릉) : 지명. 지금의 호북성 형주시(荊州市) 강릉현(江陵縣)이다.

2 羸馬(이마) : 여윈 말.

3 重裘(중구) : 겹겹 끼어 입은 갖옷.

   藏手(장수) : 손을 감추다. 옷 안으로 손을 넣는 것을 말한다.

4 消魂(소혼) : 혼을 녹이다. 지극히 비통함을 비유한다.

【해설】

이 시에서는 새벽녘에 강릉 서문으로 길을 나서게 된 상황을 말하며 여윈 말을 타고 일찍부터 술에 취해 있는 자신의 모습을 통해 여행길의 고단함과 벗어나지 못하는 깊은 번민을 나타내고 있다. 이어 초가을 들녘의 경관을 묘사하며 자신의 시름이 산천의 풍경 때문이 아니라 득의하지 못한 궁벽한 현실 때문임을 말하고 있다.

광안으로 가 장재숙 간의를 조문하다

봄바람에 필마로 외로운 성으로 가

선현을 조문하려 하니 눈물이 이미 쏟아지네.

나라에 헌신했던 폐와 간은 격렬함을 알았고

사람들 비춰줬던 이마는 여전히 높기만 하네.

중원의 성패를 어찌 헤아릴 수 없으리?

후세에 충성과 간사함은 절로 평가가 있다네.

사람을 알아보는 것이 참으로 쉽지 않음을 탄식하니

남은 향기와 냄새가 모두 선비일 따름이네.

過廣安弔張才叔諫議[1]

春風疋馬過孤城, 欲弔先賢淚已傾.

許國肺肝知激烈, 照人眉宇尙崢嶸.[2]

中原成敗寧非數, 後世忠邪自有評.[3]

歎息知人眞未易, 流芳遺臭盡書生.[4]

【해제】

48세 때인 건도乾道 8년1172 봄 광안廣安에서 장정견을 조문하며 쓴
것으로, 장정견에 대한 애도와 칭송을 나타내고 있다.

『검남시고』에서는 제2구의 '루淚'가 '체涕'로 되어 있다.

【주석】

1 　廣安(광안) : 옛 양주(梁州) 지역으로, 지금의 사천성 광안시(廣安市) 지역이다.

　　張才叔(장재숙) : 장정견(張庭堅). 광안(廣安) 출신으로 자가 재숙(才叔)이

　　다. 휘종(徽宗) 때 저작좌랑(著作佐郞), 우정언(右正言) 등을 지냈으며 의론

　　이 강직하고 충심이 있었다.

　　諫議(간의) : 간의대부(諫議大夫). 장정견은 간의대부를 지내지는 않았는데

　　우정언 또한 같은 간관(諫官)이었기 때문에 이와 같이 불렀다.

2 　眉宇(미우) : 이마. 일반적으로 용모를 가리킨다.

3 　忠邪(충사) : 충성스러움과 간사함.

4 　流芳遺臭(유방유취) : 후인들에게 남아 전하는 향기와 냄새.

【해설】

　　이 시에서는 장정견을 조문하러 간 자신의 깊은 슬픔을 나타내고,
생전에 불의와 타협하지 않았던 그의 격렬했던 충심과 사람들의 본보
기가 되었던 드높은 기상을 칭송하고 있다. 이어 그와 같은 인재를 알
아보지 못한 현실을 탄식하며 후대에는 반드시 그의 충심과 고고한 선
비의 품성을 알아주게 될 것이라 말하고 있다.

무련현 역참에 유숙하며

평소 공명을 스스로 마음대로 기약하였건만

앙상한 모습으로 이곳에 이르니 어렵지 않게 알겠네,

관직에 있는 정은 가을 매미의 날개처럼 얇고

고향 그리는 마음은 봄 고치의 실보다 많다는 것을.

서리 바람 부는 객사에서 짐 꾸리는 것은 일러도

등불 밝힌 다리 위로 길 나서는 것은 더디기만 하네.

차가운 채찍을 손으로 데우고 융복은 끼이는데

홀연 종남산에서 호랑이 쏘던 때가 생각나네.

宿武連縣驛[1]

平日功名浪自期, 頭顱到此不難知.[2]

宦情薄似秋蟬翼, 鄕思多於春繭絲.

野店風霜趣裝早,[3] 縣橋燈火下程遲.

寒鞭熨手戎衣窄, 忽憶南山射虎時.[4]

【해제】

48세 때인 건도乾道 8년1172 11월 무렵 무련武連에서 쓴 것으로, 공업 수립의 무산으로 인한 무력감과 아쉬움이 나타나 있다.

『검남시고』에서는 제5구의 '취趣'가 '숙俶'으로, 제7구의 '한편寒鞭'이

'편한鞭寒'으로 되어 있다.

【주석】

1 武連縣(무련현) : 옛 현 이름으로, 지금의 사천성 광원시(廣元市) 검각현(劍閣縣) 지역이다.

2 頭顱(두로) : 해골. 수척하여 뼈만 앙상하게 남은 사람을 비유한다.

3 野店(야점) : 시골 여관, 객사(客舍).
   趣裝(취장) : 여행 짐을 꾸리다.

4 南山(남산) : 종남산(終南山).
   射虎(사호) : 호랑이를 쏘다. 남정(南鄭)에서 종군할 때 종남산에서 수렵하며 호랑이를 잡던 일을 가리킨다.

【해설】

이 시에서는 남정南鄭에서 물러 나와 관직 생활의 회의와 향수로 인해 날로 수척해지고 있는 자신을 말하고, 차마 떠나지 못하는 발걸음과 남정에서의 호방했던 생활을 통해 이루지 못한 공업에 대한 깊은 미련과 아쉬움을 나타내고 있다.

즉시 쓰다

위수와 기산으로 군대를 출병하지 못하고

거문고와 검 들고 금관성으로 물러났네.

취하니 바깥 일의 궁하고 통함이 하찮게 보이고

늙어가니 세상의 험담과 칭찬이 가볍게 여겨지네.

이 잡던 영웅호걸은 헛되이 스스로를 자부하였으니

용 죽이는 뛰어난 기술이 마침내 무엇을 이루리?

평소 듣기에 민산 아래에 토란밭 많다 하니

그저 차가운 화로의 나물국 맛본다네.

卽事

渭水岐山不出兵,**1** 却攜琴劍錦官城.**2**

醉來身外窮通小, 老去人間毀譽輕.

捫蝨豪雄空自許,**3** 屠龍工巧竟何成.**4**

雅聞岷下多區芋,**5** 聊試寒爐玉糝羹.**6**

【해제】

　48세 때인 건도乾道 8년1172 11월 무렵 남정南鄭에서 성도成都로 돌아오던 도중 면주綿州에서 쓴 것으로, 공업 수립의 좌절로 인한 안타까움과 절망감이 나타나 있다.

『검남시고』에서는 제5구의 '호웅豪雄'이 '웅호雄豪'로 되어 있다.

【주석】

1 渭水(위수) : 물 이름. 감숙성 위원현(渭源縣)에서 발원하여 섬서(陝西) 지역
을 지나 동관(潼關)에서 황하(黃河)로 합류한다. '위하(渭河)' 혹은 '위천(渭
川)'이라고도 한다.

 岐山(기산) : 산 이름. 지금의 섬서성 기산현(岐山縣) 동북쪽에 있다.

2 錦官城(금관성) : 성도(成都). 금성(錦城)이라고도 한다.

3 捫蝨豪雄(문슬호웅) : 이 잡던 영웅호걸. 전진(前秦)의 왕맹(王猛)을 가리킨
다. 동진(東晉)의 대장군 환온(桓溫)이 관중(關中)으로 들어갈 때 환온을 찾
아와 알현하며 당시의 일을 논하였는데, 태연하게 이를 잡으며 말하는 것이 마
치 주위에 사람이 없는 듯이 하였다.

4 屠龍工巧(도룡공교) : 용을 죽이는 뛰어난 기술. 아무 쓸모도 없는 기술을 비
유한다. 『장자(莊子)・열어구(列禦寇)』에 따르면 주평만(朱泙漫)이 지리익
(支離益)에게서 천금을 들이고 3년을 연마하여 용을 죽이는 기술을 배웠는데,
정작 그 기술을 써먹을 곳이 없었다.

5 雅(아) : 평소, 지금껏.

 岷(민) : 민산(岷山). 문산(汶山)이라고도 하며, 사천성 성도(成都) 서쪽에 있다.

6 玉糝羹(옥삼갱) : 쌀가루를 넣어 끓인 나물국.

　육유는 남정南鄭에 있을 때 사천선무사四川宣撫使 왕염王炎에게 중원의
수복은 반드시 장안長安에서 시작하여야 하고, 장안을 얻으려면 반드시
농상隴上의 오른쪽, 즉 남정南鄭에서 시작하여야 한다고 건의하였다. 이
시에서는 자신의 책략이 받아들여지지 않고 오히려 성도로 물러 나오
게 되었음을 안타까워하며, 세상의 궁달과 호오에 초연한 심정으로 그
저 현실에 순응하여 편안히 안주하고 싶은 바람을 나타내고 있다.

나강역 취망정에서 송경문의 시를 읽고

말에 부딪히는 여행길의 먼지는 털어낼 수 없는데

높은 정자에서 모자 비껴 쓰고 배회하네.

촉 땅 산은 기후 따뜻하여 눈을 보기 드문데

윤년이라 봄이 늦어 매화도 보이지 않네.

제방 물은 사람과 가까워 내려오는 해오라기 없고

안개 숲속 가려진 절에서 종소리 들려오네.

송공께서 지방 다스릴 때 일찍이 벽에다 쓰셨으니

비단 비록 손상되어도 잘라내어 옮겨보네.

羅漢驛翠望亭讀宋景文公詩[1]

撲馬征塵拂不開, 高亭欹帽一徘徊.[2]

蜀山地暖稀逢雪, 閏歲春遲未見梅.

陂水近人無鷺下, 煙林藏寺有鐘來.

宋公出牧曾題壁,[3] 錦段雖殘試剪裁.[4]

【해제】

48세 때인 건도乾道 8년1172 11월에서 12월 사이 남정南鄭에서 성도成
都로 돌아오던 도중 나강羅江에서 쓴 것으로, 여행길의 감회와 송기宋祁
에 대한 추숭을 나타내고 있다.

『검남시고』에서는 제목에서 '한漢'이 '강江'으로 되어 있다. 저본의 오류로 여겨진다.

【주석】

1 羅漢(나한) : 나강(羅江)의 오류이다. 당시 면주(綿州)에 속했으며, 지금의 사천성 덕양시(德陽市) 나강구(羅江區) 지역이다.

   翠望亭(취망정) : 당대 안사(安史)의 난으로 인해 현종(玄宗)이 촉으로 몽진하였을 때 세웠던 정자로, 세칭 접왕정(接王亭)이라고도 한다.

   宋景文(송경문) : 송기(宋祁). 북송(北宋) 안주(安州) 안륙(安陸, 지금의 호북성 안륙시(安陸市)) 사람으로 자가 자경(子京)이고 시호가 경문(景文)이다. 용도각학사(龍圖閣學士), 지제고(知制誥), 공부상서(工部尚書) 등을 역임하였으며, 구양수(歐陽修)와 함께 『신당서(新唐書)』를 편찬하고 시와 사에도 뛰어났다.

2 欹帽(의모) : 모자를 비스듬히 쓰다. 편안한 자세를 의미한다.

3 出牧(출목) : 지방관으로 나가다. 송기는 일찍이 지익주(知益州)를 지냈으며, 익주는 지금의 사천성 성도시(成都市)이다.

4 錦段(금단) : 무늬 비단. 금단(錦緞)이라고도 한다.

   剪裁(전재) : 천 등을 잘라내다. 여기서는 비단을 잘라내어 시구를 옮겨 적는 것을 말한다.

【해설】

이 시에서는 고된 여행길에 잠시 취망정에 들르게 되었음을 말하고, 촉 지역은 기후가 따스하여 눈을 보기 드문데다 윤년이라 봄이 오는 것도 늦어 눈 속에 핀 매화를 볼 수 없음을 아쉬워하고 있다. 이어 취망정에서 바라본 촉 땅의 겨울 풍경을 묘사하고, 정자 벽에 남아 있는 송기의 시를 비단에 옮겨 적으며 그에 대한 추모와 존경을 나타내고 있다.

성도의 세모에 비로소 약간 차가워지니 잠시 술 마시며 흥을 보내어

혁대는 자꾸 돌아가고 비단 관모는 헐겁기만 한데

차 솥은 익으려 하고 전향 향기는 남아 있네.

성긴 매화는 이른 봄소식을 이미 알려오고

가랑비에 시월의 추위가 이제 막 느껴지네.

몸은 승려와 같건만 도리어 머리카락은 있고

문은 시골집 같건만 굳이 관아라 칭하네.

쥐 간과 벌레 팔뚝 같은 것이야 본디 택하지 않았으니

술 만나면 그래도 즐거움 다할 수가 있다네.

成都歲暮始微寒, 小酌遣興

革帶頻移紗帽寬,[1] 茶鐺欲熟篆香殘.[2]

疎梅已報先春信, 小雨初成十月寒.

身似野僧猶有髮, 門如村舍强名官.

鼠肝蟲臂元無擇,[3] 遇酒猶能罄一歡.

【해제】

48세 때인 건도乾道 8년1172 세모에 성도成都에서 쓴 것으로, 성도에서의 무료한 생활이 나타나 있다.

1 紗帽(사모) : 비단으로 만든 관모(官帽).

2 茶鐺(다당) : 차를 달이는 솥.

篆香(전향) : 원반 모양으로 말아 만든 향. 성도의 특산물로, 반향(盤香)이라

고도 한다.

3 鼠肝蟲臂(서간충비) : 쥐의 간과 벌레의 팔뚝. 작고 사소한 것을 비유한다.

【해설】

이 시에서는 날로 수척해가는 자신의 모습을 통해 공업 수립의 좌절

로 인한 관직 생활의 회의와 불만을 나타내고, 이미 매화는 피었지만

초겨울의 한기가 느껴지는 성도의 세모 기후를 묘사하고 있다. 이어

허름한 관아에서 승려처럼 지내고 있는 무료한 관직 생활을 말하고,

자신은 사소한 일들에는 아무런 관심도 없어 그저 술에서만 즐거움을

느낄 수 있을 뿐이라 말하며 현실 도피적인 심경을 드러내고 있다.

쾌청한 날

땅이 트이고 하늘이 열리며 북두 자루가 도니

오늘 아침에 붉은 해가 연못 누대에 두루 비치네.

새로운 볕은 봄 되기 전의 버들을 소생시키고

가벼운 온기는 눈 온 후의 매화를 치료하네.

푸른 소라 같은 기와집이 안개 헤치며 나오고

초록 오리 같은 금강이 산을 안고 흘러오네.

늙은이도 아이들 뒤쫓아가며 기뻐하다가

이내 문서 처리하고 술잔 가까이한다네.

快晴

地闢天開斗柄回,**1** 今朝紅日遍池臺.

新陽蘇醒春前柳,**2** 輕暖醫治雪後梅.**3**

瓦屋螺靑披霧出, 錦江鴨綠抱山來.**4**

衰翁也逐兒童喜, 旋撥文書近酒杯.**5**

【해제】

49세 때인 건도乾道 9년1173 12월 가주嘉州에서 쓴 것으로, 쾌청한 날씨에 봄이 오고 있는 경관을 노래하고 있다.

1 斗柄回(두병회) : 북두칠성의 자루가 돌다. 봄이 오는 것을 의미한다. 『갈관자(鶡冠子)』에 "북두칠성의 손잡이가 동쪽을 가리키면 천하가 모두 봄이 된다(斗柄東指, 天下皆春)"라 하였다.

2 蘇醒(소성) : 소생시키다, 살아나게 하다.

3 醫治(의치) : 치료하다. 눈에 덮인 매화를 드러나게 하는 것을 말한다.

4 鴨綠(압록) : 오리의 머리 색처럼 푸르다.

5 旋撥(선발) : 곧장 처리하다.

【해설】

이 시에서는 날이 쾌청하게 개어 천지에 봄기운이 만연함을 말하고, 봄을 맞아 버들과 매화 및 기와집과 강물에 나타난 만물의 변화와 생기를 오감과 색채의 대비를 통해 생생하고 실감 나게 묘사하고 있다. 이어 아름다운 봄 풍경으로 인해 자신 또한 나이도 잊은 채 아이들과 어울려 뛰어다니게 됨을 말하고, 서둘러 공무를 끝내고 술잔을 가까이 하며 봄을 즐기고 있는 모습을 나타내고 있다.

늦봄

바쁜 중에 한가함을 취해 만년의 생을 위안하니

봄이 오면 매일 같이 동호 있다네.

난간에 기대어 밥 던지며 물고기 떼를 구경하고

거문고 켜 까마귀 놀라게 해 참새 새끼를 보호하네.

세상 풍경은 흐드러져 찬란한 꽃을 보는 듯한데

병든 몸은 청아하게 여윈 대나무와 다툴 수 있다네.

한 동이 술은 그윽한 감상을 이루는 곳이요

풍월은 사람을 따라오니 부를 필요가 없다네.

暮春

忙裏偸閑慰晚途, 春來日日在東湖.[1]

憑欄投飯看魚隊, 挾彈驚鴉護雀雛.

俗態似看花爛熳,[2] 病身能鬪竹清癯.[3]

一樽是處成幽賞, 風月隨人不用呼.

【해제】

50세 때인 순희淳熙 원년1174 3월 촉주蜀州에서 쓴 것으로, 늦봄의 한적한 감회를 나타내고 있다.

1   東湖(동호) : 촉주(蜀州)에 있는 호수 이름.

2   爛熳(난만) : 찬란하게 빛나다.

3   淸癯(청구) : 청아하게 수척하다.

【해설】

이 시에서는 공무로 바쁜 가운데서도 일부러 짬을 내어 호수를 유람하며 늦봄의 정취를 즐기고 있다. 꽃이 흐드러지게 피어 있는 찬란한 세상과 병들어 여윈 대나무같이 수척한 시인의 모습이 극명한 대비를 이루며 시인의 내면의 고통과 번민을 드러내고 있다.

동호의 새로 자란 대나무

가시나무 심어 울타리 만들어 삼가며 보호하였더니

차가운 푸른빛이 자라 잔물결이 비치네.

맑은 바람 땅을 스치니 가을이 먼저 다다르고

붉은 해 하늘을 지나도 한낮에 더위를 알지 못한다네.

죽순 껍질 벗겨지며 이따금 바스락 소리 들려오고

가지 끝 터지며 이제 막 어른거리는 그림자 보이네.

공무 한가로울 때 내 자주 이곳에 와

베개와 대자리가 늘 도처에 따라다니게 하리니.

東湖新竹[1]

挿棘編籬謹護持, 養成寒碧映淪漪.[2]

淸風掠地秋先到, 赤日行天午不知.

解籜時聞聲簌簌,[3] 放梢初見影離離.[4]

官閑我欲頻來此, 枕簟仍敎到處隨.[5]

【해제】

50세 때인 순희淳熙 원년1174 여름 촉주蜀州에서 쓴 것으로, 대나무를 노래하며 생장 과정을 세밀하게 묘사하고 있다.

『검남시고』에서는 제6구의 '영影'이 '엽葉'로 되어 있다.

1 東湖(동호) : 촉주(蜀州)에 있는 호수.

2 淪漪(윤의) : 잔물결. 바람에 일렁이는 대나무 그림자를 가리킨다.

3 解籜(해탁) : 죽순 껍질이 벗겨지다.

 籔籔(속속) : 바스락거리는 소리.

4 放梢(방초) : 대나무 가지 끝이 터지다.

 離離(이리) : 그림자가 어른거리는 모양.

5 枕簟(침점) : 베개와 대자리.

 到處隨(도처수) : 곳곳을 따라다니다. 대나무가 있는 곳 어디에서든 편히 누워 쉬고 싶은 것을 의미한다.

【해설】

 이 시에서는 어린 대나무를 보호하기 위해 가시나무 울타리를 만드니 여름날 푸른 그림자를 드리우게 되었음을 말하고, 대나무 아래에 있으면 마치 가을이 먼저 온 듯하고 한낮에도 더위를 느끼지 못함을 말하고 있다. 이어 시각과 청각을 통해 대나무가 모습을 섬세하고 세밀하게 묘사하고, 이후 공무가 한가로울 때 베개와 대자리 들고 대나무 아래에서 편히 누워 쉬고 싶은 뜻을 나타내고 있다.

여름날 호숫가에서

오사모에 공죽 지팡이로 나그네 시름 삭이니

하급 서리라 모래밭 갈매기와 섞여도 무방하다네.

바람 맞이하는 베개와 대자리는 더위를 압도하고

물 가까운 주렴과 창은 미리 가을 빌려오며,

차 달이는 아궁이는 멀리 수풀 아래로 보이고

물고기 잡는 통발은 늘 달을 향해 거둬들이네.

강호에서 지냈던 사십여 년 꿈같은 세월,

인간 세상에 촉주가 있음을 어찌 믿기나 했으리?

夏日湖上

烏帽笻枝散客愁,**1** 不妨胥史雜沙鷗.**2**

迎風枕簟平欺暑,**3** 近水簾櫳預借秋.**4**

茶竈遠從林下見, 釣筒常向月中收.

江湖四十餘年夢,**5** 豈信人間有蜀州.

【해제】

50세 때인 순희淳熙 원년1174 여름 촉주蜀州에서 쓴 것으로, 타향에서 여름을 나는 감회를 나타내고 있다.

『검남시고』에서는 제4구의 '예預'가 '탐探'으로 되어 있다.

1 烏帽(오모) : 관원이 쓰는 검은색 비단 모자. '오사모(烏紗帽)'라고도 한다.

節枝(공지) : 공죽(節竹)으로 만든 지팡이. '공장(節杖)' 또는 '공죽장(節竹 杖)'이라고도 한다. 공죽은 대나무의 일종으로, 마디 간격이 넓고 속이 차 있어 지팡이로 쓰기에 좋다.

2 不妨(불방) : 방해되지 않다, 거리낌이 없다.

胥史(서사) : 서리(胥吏). 관아의 하급 관원. 여기서는 자신을 가리킨다.

3 枕簟(침점) : 베개와 대자리.

平欺(평기) : 평평하게 누르다, 압도하다.

4 簾櫳(염롱) : 주렴과 창살이 있는 창.

5 四十餘年(사십여년) : 촉주로 오기 전 고향 산음에서 살았던 시간을 가리킨다.

【해설】

이 시에서는 고향을 떠나 멀리 촉 지역에서 한가로이 여름을 지내고 있는 자신의 모습을 말하며 동호에서 바라본 촉주의 여름 풍경을 묘사하고 있다. 이어 고향에서 지냈던 지난 40년의 세월을 회상하며 당시에는 자신이 이곳에 오게 되리라 생각지도 못했음을 말하고 있다.

역참 객사에 머물며

한가로운 거리 옛 역참에 붉은 문은 닫혀 있고

다시금 빈 집에서 쉬며 나그네 옷을 빤다네.

구만 리 하늘 가운데로 곤이는 스스로 변해 오르고

일천 년 시간 바깥에서 학은 여전히 돌아온다네.

뜰을 에워싸던 몇 줄기 대나무엔 새순이 많아졌고

허리띠 풀던 한 그루 소나무는 옛 아름보다 굵어졌네.

오직 벽 사이 시구는 남아

쌓인 먼지와 남은 묵 흔적이 둘 다 애틋하네.

寓驛舍

閑坊古驛掩朱扉, 又憩空堂浣客衣.

九萬里中鯤自化,**1** 一千年外鶴仍歸.**2**

遠庭數竹饒新筍, 解帶量松長舊圍.**3**

惟有壁間詩句在, 暗塵殘墨兩依依.**4**

【해제】

50세 때인 순희淳熙 원년1174 6월 성도成都에서 쓴 것으로, 세월의 흐름에 대한 감회를 나타내고 있다.

『검남시고』에서는 제목 다음에 "내가 성도에 세 번 왔는데 모두 여

기에서 묵었다予三至成都, 皆館于是"라는 자주自注가 있으며, 제2구의 '완浣'
이 '탄綻'으로 되어 있다.

【주석】

1   鯤自化(곤자화) : 곤이(鯤鮞)가 스스로 변하다. 『장자(莊子)·소요유(逍遙
    遊)』에서 곤이가 붕새로 변해 구만 리 창공을 날아오른다고 한 것을 가리킨다.

2   鶴仍歸(학잉귀) : 학이 여전히 돌아오다. 도를 익혀 학으로 변해 천 년 만에 날
    아 돌아온 정령위(丁令威)의 일을 가리킨다. 앞의 권2「천왕광교원은 즙산 동
    쪽 산기슭에 있는데,(天王廣教院在葴山東麓,)」주석 6 참조.

3   量(량) : 그루. 나무를 세는 단위.

4   依依(의의) : 애틋하고 아련한 모양.

【해설】

이 시에서는 옛날 머물렀던 역참에 다시 들르게 되었음을 말하고,
붕새가 되어 날아오른 곤이와 천 년 만에 학이 되어 날아돌아온 정령
위丁令威의 고사를 인용하며 소소하고 유한한 인생사에 대한감회를 나
타내고 있다. 이어 옛날에 비해 역참의 풍경은 많이 변했지만, 그래도
벽에 쓰인 옛 시구는 여전히 남아 있는 것을 보며 아련한 감상에 빠져
들고 있다.

뇌모진에서 새벽에 길을 나서

외로운 등이 그림자를 비추고 첫닭 울음소리 들리니

고삐 잡은 마음에 처량함은 배가 되네

눈이 내리려다 그치니 구름 기운은 성하고

풀은 끝도 없이 황량하니 객의 혼은 혼미하네.

동상 입어 손가락은 품에 넣어도 갈라지고

길 험준함이 두려워 책은 버려두고 지니질 않았네.

늙어감에 글재주 있어도 팔 곳이 없건만

아랑곳하지 않고 촉 땅 동서에 두루 글을 쓰네.

賴牟鎭早行[1]

孤燈照影聽初鷄, 攬轡情懷倍慘悽.[2]

雪作未成雲意鬧,[3] 茅荒無際客魂迷.

觸寒手指藏猶裂,[4] 畏嶮圖書棄不攜.

老去有文無賣處, 等閑題遍蜀東西.[5]

【해제】

50세 때인 순희淳熙 원년1174 10월 영주榮州에서 쓴 것으로, 고된 여행길의 외로움과 객수를 나타내고 있다.

1 賴牟鎭(뇌모진) : 지명. 영주(榮州) 서쪽에 있다.

2 攬轡(남비) : 말고삐를 쥐다.

慘悽(참처) : 비참하고 처량하다.

3 鬧(료) : 기운이 성하다.

4 觸寒(촉한) : 동상(凍傷)을 입다.

5 等閑(등한) : 아무렇지 않다, 상관하지 않다.

【해설】

이 시에서는 새벽녘 길을 나서는 쓸쓸한 심경을 말하고, 눈에 보이
는 황량한 풍경에 객수를 느끼고 있다. 이어 동상 입은 손가락과 책도
휴대할 수 없는 험준한 지형을 말하며 고되고 힘든 여행길을 나타내
고, 비록 쓸모없는 글재주이나마 촉 지역 사방으로 다니며 글 흔적을
남길 수 있는 것에 위안을 느끼고 있다.

객사에 머물며 감회를 쓰다

작교 가까이 초가집 빌리니

나그네 회포와 병든 심사가 둘 다 무료하네.

봄 좇는 두구는 가지 끝이 늙어가고

매일 같은 저포 놀이에 주사위 위는 닳아가네.

한 무더기 대나무는 새벽바람 맞아 비끼어 있고

높다란 오동나무는 밤 빗소리 끼고 우뚝 솟아 있네.

서생은 몸 늘 건강한 것에 의지해서는 안 되니

능연각에 초상 그려지지 않았는데 살쩍 머리 이미 시들었네.

寓舍書懷

借得茅齋近筰橋,**1** 羈懷病思兩無聊.

春從荳蔲梢頭老,**2** 日向樗蒱齒上消.**3**

叢竹曉兼風力橫, 高梧夜挾雨聲驕.

書生莫倚身常健, 未畫凌煙鬢已凋.**4**

【해제】

50세 때인 순희淳熙 2년1175 6월과 7월 사이 성도成都에서 쓴 것으로, 공업을 이루지 못한 채 늙어만 가고 있는 신세를 한탄하고 있다.

1 筰橋(작교) : 성도 만리교(萬里橋) 상류에 있는 다리 이름. 대나무를 엮어 만들었다 하여 이와 같이 불렀다.

2 荳蔲(두구) : 식물 이름. 다년생 초본 식물로, 초두구(草荳蔲) 또는 백두구(白荳蔲)라고도 한다.

3 樗蒱(저포) : 고대 박희(博戲)의 일종. 저(樗, 가죽나무)와 포(蒲, 부들)의 열매로 주사위를 만들어 노는 것에서 유래한 명칭으로, 위아래가 흑백으로 구분되어 있는 다섯 개의 주사위를 던져 사위에 따라 승부를 가른다. 우리의 윷놀이와 비슷하다.

　　齒(치) : 주사위.

4 凌煙(능연) : 능연각(凌煙閣). 당(唐) 정관(貞觀) 17년(643)에 태종(太宗)의 명에 따라 염립본(閻立本)이 공신 스물네 명의 초상을 그려 능연각에 걸어놓았다.

【해설】

이 시에서는 성도 생활의 무료함을 말하며 종일토록 저포 놀이나 하며 헛되이 시간을 보내고 있는 모습을 나타내고 있다. 이어 비바람 속의 대나무와 오동나무를 통해 자신에게 닥친 현실의 시련과 이를 이겨내고 있는 자신의 굳건한 기상을 나타내고, 아직 공을 세우기도 전에 몸이 이미 먼저 늙어 버렸음을 탄식하고 있다.

성도에서의 일을 쓰다

검남의 산과 물은 모두가 맑게 빛나니

탁금강 가는 천하에 드문 곳이라네.

안개 낀 버들은 누각 모퉁이에 가려 잘리지 않고

바람에 실린 꽃잎은 때로 말머리 옆에서 날리네.

채솟국에 넣은 죽순은 회계산 죽순처럼 맛있고

회 썬 물고기는 오강 물고기처럼 튼실하네.

객이 성 서쪽에 파는 정원이 있음을 알려주어

흰머리 늙은이가 돌아가는 것을 잊었다네.

成都書事

劍南山水盡淸暉,**1** 濯錦江邊天下稀.**2**

煙柳不遮樓角斷, 風花時傍馬頭飛.

苣蓴筍似稽山美,**3** 斫膾魚如笠澤肥.**4**

客報城西有園賣, 老夫白首欲忘歸.

【해제】

50세 때인 순희淳熙 2년1175 겨울 성도成都에서 쓴 것으로, 타지에서 고향의 맛을 느낀 기쁨을 나타내고 있다. 총2수 중 제1수이다.

【주석】

1 　劍南(검남) : 지명. 사천성 검각(劍閣) 남쪽에서 장강(長江) 북쪽 지역을 가
　리키며, 일반적으로 촉(蜀) 지역을 의미한다.

2 　濯錦江(탁금강) : 금강(錦江). 민강(岷江)의 지류로, 지금의 사천성 화양현
　(華陽縣)에 있다.

3 　芼羹(모갱) : 채소를 넣어 끓인 국.
　稽山(계산) : 회계산(會稽山)의 약칭.

4 　笠澤(입택) : 송강(松江). 태호(太湖)로 들어가는 강이다.

【해설】

이 시에서는 촉 지역의 산수 경관을 묘사하며 이곳이 천하에 보기
드문 아름다운 곳임을 말하고 있다. 이어 고향의 맛에 버금가도록 음
식 또한 맛있어 이를 맛보고 즐기느라 돌아올 생각조차 잊었음을 말하
고 있다.

낮잠 자다 저녁이 되어

술기운 얼큰히 사지로 들어오니

화서씨의 나라에서 잠시 쉰들 늦은 것은 아니리.

남은 생 노쇠하여 강건해지기 어려움을 이미 깨달았으니

세상만사 잠들어 알지 못하는 것만 못하리.

다행히 빠져들 거문고와 서책은 있으나

어찌 관직 생활을 다시 지속할 수 있으리?

붉게 타오르던 화로 다 지나고 나니 재는 눈과 같은데

홀로 푸른 등불 지키고 앉아 그림 그리고 시를 쓰네.

午睡至暮

酒力醺然入四支,**1** 華胥稅駕不應遲.**2**

殘年已覺衰難彊, 萬事無如睡不知.

幸有琴書供枕藉,**3** 安能冠帶更支持.**4**

紅爐過盡灰如雪,**5** 獨守靑燈坐畫詩.

【해제】

50세 때인 순희淳熙 2년1175 겨울 성도成都에서 쓴 것으로, 공업 수립의 좌절로 인한 관직 생활의 회의가 나타나 있다.

『검남시고』에서는 제목이 「이튿날에 저녁까지 낮잠을 잤다가 다시 앞 시에 차운하여 明日午睡至暮, 復次前韻」로 되어 있다.

【주석】

1 醺然(훈연) : 술기운이 얼큰한 모양.

2 華胥(화서) : 화서씨(華胥氏)의 나라. 『열자(列子)・황제(黃帝)』에서 황제
   가 낮잠을 자다 꿈속에서 노닐었던 곳을 가리킨다. 안락하고 평화로운 이상향
   이나 꿈속의 경계를 비유한다.

   稅駕(세가) : 말의 멍에를 풀다. '해가(解駕)'와 같은 뜻으로, 잠시 머물러 쉬
   는 것을 의미한다.

3 枕藉(침자) : 베개와 자리. 빠지고 몰두하는 것을 비유한다.

4 冠帶(관대) : 관모와 혁대. 관직 생활을 비유한다.

   支持(지지) : 지속하다, 유지하다. 거문고와 서책에 빠져 지내는 일을 가리킨다.

5 紅爐(홍로) : 불이 왕성하게 타오르는 화로. 여기서는 혈기 왕성했던 젊은 시
   절을 비유한다.

【해설】

이 시에서는 술에 취해 저녁이 되도록 낮잠을 잤음을 말하고, 차라
리 꿈속 세계에 머무르며 만사를 잊어버리는 것이 나을 것이라는 말로
현실의 좌절과 절망을 나타내고 있다. 이어 거문고와 서책에 빠져 잠
시나마 세상일에서 벗어나 위안을 얻지만, 관직에 있는 탓에 이 또한
지속할 수 없음을 탄식하고 있다. 마지막에서는 맹렬히 타오르다 꺼진

화로의 재를 통해 젊은 시절의 호방한 기개와 이상의 좌절을 나타내
고, 밤늦도록 홀로 깨어 앉아 시와 그림으로 스스로를 위안하고 있다.

밤에 연회하며

술의 파도가 봄을 뒤흔들어 추위도 느껴지지 않고

등의 불꽃은 심지 재 드리우다 홀연 받침에 쌓네.

산천 길은 멀어 사람은 늙어가고

관현악 소리는 급한데 밤은 다하려 하네.

사해의 친구들이 다시금 모였다 흩어지니

평생 한 번 있을 광경에 기쁨과 슬픔이 뒤섞이네.

병든 눈에도 여전히 시력 남아 있음이 안쓰러우니

다시금 이름난 꽃 쥐고 반쯤 취해 바라보네.

夜宴

酒浪搖春不受寒, 燭花垂爐忽堆盤.[1]

山川路邈人將老, 絲管聲遒夜向闌.[2]

四海交遊更聚散, 百年光景雜悲歡.[3]

自憐病眼猶明在, 更把名花半醉看.[4]

【해제】

52세 때인 순희淳熙 3년1176 2월 성도成都에서 쓴 것으로, 각지에 있던 친구들과 모처럼 함께 만나 연회하는 감회를 나타내고 있다.

『검남시고』에서는 제5구의 '유遊'가 '붕朋'으로 되어 있으며, 시 본문 다음에 "이날 밤 범희문의 집에서 늦은 해당화 몇 가지를 얻었는데, 풍

성하고 아름답기가 성을 통틀어 없는 것이었다是夕得范希元家晚海棠數枝, 繁麗
一城所無"라는 자주自注가 있다.

【주석】

1 燼(신) : 심지가 타고 남은 재.

2 遒(주) : 급하다, 빠르다.

   闌(란) : 그치다, 끝나다.

3 百年光景(백년광경) : 평생에 한 번 있을 광경. 매우 드문 경우를 말한다.

4 名花(명화) : 이름난 꽃. 여기서는 범희문의 집에서 얻은 해당화를 가리킨다.

【해설】

이 시에서는 주흥으로 인해 봄 추위도 느껴지지 않고 밤이 다하도록
오랜 시간 연회가 이어지고 있음을 말하고 있다. 이어 평생에 언제 다
시 오늘처럼 각지의 친구들이 다 모여 함께 연회할 수 있을지 알 수 없
기에 기쁨과 슬픔이 함께 교차하고 있음을 말하고, 새로 얻은 어여쁜
해당화 가지를 바라보며 마음의 위안으로 삼고 있다.

두 아들에게 부치다

큰애가 새로 학림사에서의 여행을 하더니

작은애가 이듬해 길주에서 수자리를 하네.

날마다 편지 기다리다 늘 저녁이 되니

때때로 꿈속에 들어와 시름을 더하네.

관직 얻는 것은 본디 제나라 하인을 경시하였는데

그림자 마주하니 어찌 초나라 죄수와 같지 않으리?

네 아비 지나갔던 곳을 잘 알아두어야 하리니

일생을 명운에 맡기고 사람들의 잔꾀를 비웃었노라.

寄二子[1]

大兒新作鶴林遊,[2] 仲子經年戍吉州.[3]

日日望書常至暮, 時時入夢却添愁.

得官本自輕齊虜,[4] 對景寧當似楚囚.[5]

識取乃翁行履處, 一生任運笑人謀.[6]

【해제】

78세 때인 가태嘉泰 2년1202 겨울 임안臨安에서 쓴 것으로, 관직에 나가 있는 두 아들에 대한 그리움과 당부가 나타나 있다.

【주석】

1 二子(이자) : 장자 자거(子虡)와 차자 자룡(子龍)이다.

2 鶴林遊(학림유) : 학림사(鶴林寺)에서의 여행. 자거가 금단승(金壇丞)으로 부임한 것을 의미한다. 학림사는 지금의 강소성 진강시(鎭江市) 남쪽 황학산(黃鶴山)에 있는 사찰 이름으로, 금단이 진강 지역이었기 때문에 이와 같이 말한 것이다.

3 戍吉州(수길주) : 길주(吉州)에서 수자리하다. 자룡이 길주로 부임하여 사리참군(司理參軍)을 맡은 것을 가리킨다. 길주는 지금의 강서성 길안시(吉安市)이다.

4 齊虜(제로) : 제나라 하인. 제나라 병졸 출신으로 한 고조 유방(劉邦)에게 발탁된 유경(劉敬)을 가리킨다. 한 고조가 그를 제나라의 미천한 출신으로 입과 혀로 관직을 얻은 사람이라 비난했던 말에서 유래하였다.

5 楚囚(초수) : 초나라 죄수. 춘추시대 진(晉)나라의 옥에 갇혔던 초나라 사람 종의(鍾儀)를 가리킨다. 『좌전(左傳)』에 "진 경공(景公)이 군부를 둘러보다가 종의를 보고는 남쪽 모자를 쓰고 갇혀 있는 자가 누구인지 물으니, 담당 관리가 대답하기를 '정나라에서 바친 초나라 죄수입니다'라고 하였다(晉侯觀於軍府, 見鍾儀問之曰, 南冠而縶者誰也. 有司對曰, 鄭人所獻楚囚也)"라 한 것에서 유래하였다.

6 任運(임운) : 명운(命運)에 맡기다.

人謀(인모) : 사람들의 잔꾀. 관직을 얻으려 도모하는 사람들의 술수나 모략을 가리킨다.

【해설】

　육유는 이해 5월 효종孝宗과 광종光宗의 실록을 편찬하라는 영종寧宗의 칙명을 받고 실록원동수찬實錄院同修撰 겸 동수국사同修國史가 되어 6월에 임안臨安에 도착하여 머물고 있었다.

　이 시에서는 두 아들을 관직에 내보내고 그리움에 매일 같이 편지를 기다리며 시름에 잠겨 있는 자신을 말하고 있다. 아울러 자신은 언변만으로 관직을 얻는 것을 경시하였음을 말하며, 노년에도 고향을 떠나 관직에 나와 있어야 하는 자신의 처지를 안타까워하고 있다. 이어 진강과 강서 지역에서 관직 생활을 했던 경험을 말하며 자신이 지나왔던 자취들을 자식들이 유념하여 보고 따르기를 당부하고 있다.

간곡정선육방옹시집
澗谷精選陸放翁詩集

권8

육유(陸游) 무관(務觀) 찬(撰)

나의(羅椅) 자원(子遠) 선(選)

칠언율시七言律詩(33수)

무담산 서남쪽 마을을 지나며 느낀 바 있어

한가로이 말 타고 가노라니 혼은 끊어지려 하고

봄 시름은 눈에 가득하니 누구와 이야기하리?

시장과 조정은 변하여 황량한 풀 속으로 사라지고

시내와 골짜기는 텅 비어 서로 삼키고 토해내네.

소나무와 녹나무 작은 숲길로 멀리 절이 보이고

닭과 개 있는 몇 집이 절로 마을을 이루었네.

큰 길가 높은 무덤이 가장 안쓰러우니

가는 사초에 덮여 곳곳이 불에 탄 흔적이네.

行武擔西南村落有感[1]

騎馬悠然欲斷魂,[2] 春愁滿眼與誰論.

市朝遷變歸蕪沒,[3] 磵谷谽谺互吐吞.[4]

一徑松楠遙見寺, 數家鷄犬自成村.

最憐高冢臨官道, 細細煙莎遍燒痕.[5]

【해제】

52세 때인 순희淳熙 3년1176 2월 성도成都에서 쓴 것으로, 인간 세상의 흥망성쇠에 대한 감회를 나타내고 있다.

『검남시고』에서는 시 아래에 "높이가 수 길이 되는 큰 무덤이 있고 옆에 또 약간 작은 무덤이 있는데 어느 시대 사람인지는 알 수 없다. 세간에서는 태자묘라 부른다有大冢高數丈, 旁又一冢差小, 莫知何代人也. 俗號太子墓"라는 자주自注가 있다.

【주석】

1 武擔(무담) : 산 이름. 성도성(成都城) 안에 있다.

2 悠然(유연) : 한가로운 모양.

3 市朝(시조) : 시장과 조정. 이익을 좇고 명성을 다투는 곳을 가리킨다.

4 谽谺(함하) : 산골짜기가 횅하게 텅 빈 모양.

5 莎(사) : 사초(莎草). 방동사닛과의 여러해살이풀로, 향부자(香附子)라고도 한다.

【해설】

이 시에서는 홀로 말을 타고 가며 봄 시름에 빠져 있는 자신을 말하고, 흥망성쇠가 교차하는 인간 세상의 무상함을 탄식하고 있다. 이어 지나가며 바라본 산촌의 고즈넉한 경관을 묘사하고, 사초에 덮여 곳곳이 불에 그을려 있는 높은 무덤을 바라보며 인간의 유한한 삶과 권력의 무상함을 말하고 있다.

홀로 술 마시다 취해 누웠다가 깨어나 보니 한밤중이라

못 가는 본디 홀로 깨어 있기 바라는 곳이 아니니

쓸모없는 사람은 한번 마셨다 하면 계획이란 것이 없다네.

세상에 소사업과 같은 사람이 적음을 아니

어찌하면 완보병과 같은 관직을 얻을 수 있으리?

취기 오른 얼굴은 젊고 건장하여 놀라건만

술에 젖은 가슴은 높은 의기 잃어버렸네.

밤이 끝나가도 남은 등불 싫어하지는 말지니

누워 빈 행랑의 베짱이 소리 듣네.

獨飮醉臥, 覺而夜半

澤畔元非慕獨醒,¹ 散人一飮費經營.²

也知世少蘇司業,³ 安得官如阮步兵.⁴

醉著面顔驚少壯, 澆餘胸次失崢嶸.⁵

更闌莫厭殘燈火,⁶ 臥聽空廊絡緯聲.⁷

【해제】

52세 때인 순희淳熙 3년1176 7월 성도成都에서 쓴 것으로, 홀로 술에
취해 한밤중에 깨어난 감회를 나타내고 있다.

『검남시고』에서는 제목이 「홀로 술 마시다 취해 누웠다가 문득 깨

어나 보니 한밤중이라 놀이 삼아 이 시를 쓰다獨飮醉臥, 比覺已夜半矣, 戯作此詩」로 되어 있다.

【주석】

1 澤畔(택반) : 못 가. 이 구는 굴원(屈原)의 「어부사(漁父辭)」에서 굴원이 못
가에서 어부를 만나 세상 사람들이 모두 취해 있는데 자신 홀로 깨어 있어 쫓
겨나게 되었다고 말한 뜻을 차용한 것이다.

2 散人(산인) : 평범하고 쓸모없는 사람.

   經營(경영) : 계획적으로 일을 잘 처리하다.

3 蘇司業(소사업) : 소원명(蘇源明). 당대 시인으로 자가 약부(弱夫)이며, 사
업(司業)을 지냈다. 주변 사람들에게 늘 술 마실 돈을 구걸하였다.

4 阮步兵(완보병) : 완적(阮籍). 서진(西晉) 죽림칠현(竹林七賢) 중의 하나로
자가 사종(嗣宗)이다. 관직을 거부하다 군대 주방에 수백 곡의 술이 쌓여 있다
는 말을 듣고 스스로 이를 관장하는 보병교위(步兵校尉) 직을 청하였다.

5 崢嶸(쟁영) : 높이 솟은 모양.

   澆餘(요여) : 술에 흠뻑 젖다.

6 更闌(경란) : 밤이 끝나가는 시간.

7 絡緯(낙위) : 베짱이. 울음소리가 베 짜는 소리 같다 하여 이와 같이 불렀다.

【해설】

이 시에서는 공업 수립의 기회를 잃고 성도에서 무료한 시간을 보내

고 있는 자신을 쓸모없는 사람이라 칭하며 스스로 비하하고, 그저 술에 의지하여 현실의 고뇌를 잊고자 하는 마음을 나타내고 있다. 이어 몸은 이미 노쇠해지고 가슴속 드높았던 의기조차 사라져 버린 자신을 연민하며 밤새도록 깊은 상념에 빠져들고 있다.

성 동쪽 말 위에서 쓰다

물고기 잘라 풀에 깔아 놓고 봄 술에 취하는데

우는 독수리 올려다보니 백 척이나 높이 있네.

두보는 후직과 설이 되기에 무방했고

제갈량은 본디 원소와 조조보다 비천했었네.

깃털 꽂힌 변방 지역에선 전해오는 격문이 없고

솔개 문양 두른 상자 안에는 옛 솜옷만 있네.

장안의 여러 젊은이에게 말 전하니

기녀에 에워싸임은 사냥하며 에워싸는 호방함과 다르다네.

城東馬上作

割鮮藉草醉春醪,[1] 仰看鳴雕百尺高.

杜老何妨希稷卨,[2] 孔明本自陋袁曹.[3]

邊頭挿羽無傳檄,[4] 篋裏盤鵰有舊袍.[5]

寄語長安衆年少, 妓圍不似獵圍豪.

【해제】

53세 때인 순희淳熙 4년1177 정월 성도成都에서 쓴 것으로, 공업 수립을 향한 높은 의기와 현실의 안타까움이 나타나 있다.

『검남시고』에서는 제2구의 '조雕'가 '효鵃'로, 제6구의 '한鵰'이 '조雕'

로 되어 있으며, 총2수 중 제2수이다.

【주석】

1 割鮮(할선) : 선어(鮮魚)를 자르다. 여기서는 생선회를 가리킨다.

2 稷卨(직설) : 후직(后稷)과 설(卨). 요순시대의 현신(賢臣)으로, 각각 농관 (農官)과 사도(司徒)를 맡아 성군의 정치를 보좌하였다. 설(卨)은 '설(契)'이 라고도 한다.

3 袁曹(원조) : 원소(袁紹)와 조조(曹操).

4 傳檄(전격) : 전해오는 격문(檄文). 변방에서 군중의 상황을 알리는 문서를 가리킨다. 긴급한 격문은 깃털을 붙여 전달했다.

5 盤鵰(반한) : 솔개 문양이 둘러 있다.

【해설】

이 시에서는 백 척 높이 나는 독수리로 자신의 높은 의지와 기상을 비유하고, 두보와 제갈량 같은 사람이 되고 싶은 바람을 나타내고 있 다. 이어 아무런 일도 일어나지 않는 변방의 상황과 오랫동안 상자 안 에만 있는 솜옷을 통해 이상이 실현되지 못하는 현실을 말하고, 장안 의 젊은이들에게 향락에만 빠져 있지 말 것을 경계하고 있다.

저녁에 강가를 거닐며

만리교 가는 석양을 띄고 있고

강 너머 어시장은 맑은 상수 같네.

산림을 홀로 가며 내 무엇을 한스러워하나?

거마는 뒤섞여 저들은 절로 바쁘기만 하네.

높다란 버드나무 그늘에서 지팡이 짚고

평평한 모래밭 안온한 곳에서 의자에 앉네.

친구들은 도성에서 소식이 없으니

어찌하면 손잡고 이 청량함을 함께할 수 있으리?

晚步江上

萬里橋邊帶夕陽,[1] 隔江漁市似淸湘.

山林獨往吾何恨, 車馬交流渠自忙.[2]

高柳陰中扶拄杖, 平沙穩處據胡牀.[3]

故人京國無消息,[4] 安得相攜共此涼.

【해제】

53세 때인 순희淳熙 4년1177 7월과 8월 사이 성도成都에서 쓴 것으로,
가을 경관을 바라보며 도성에 있는 친구들을 그리워하고 있다.

【주석】

1 萬里橋(만리교) : 다리 이름. 지금의 사천성 화양현(華陽縣) 남쪽에 있다.

2 渠(거) : 그, 저. 지시사.

3 胡牀(호상) : 교의(交椅). 팔걸이와 등받이가 있으며 다리가 접이식으로 되어 있는 이동식 의자. 처음에 외지에서 전래하였기 때문에 이와 같이 불렸으며, '호상(胡床)'이라고도 한다.

4 京國(경국) : 나라의 도성.

【해설】

이 시에서는 가을 저녁 강가의 청량한 풍경을 묘사하며 홀로 시름에 잠겨 있음을 말하고, 거마가 뒤섞이며 바삐 돌아가는 세상과 지팡이 짚고 한가로이 강가를 유람하고 있는 자신을 대비하고 있다. 이어 아름답고 평온한 풍경을 함께할 사람이 없는 것을 안타까워하며, 아무런 소식 없는 도성 친구들에게 서운함과 그리움을 함께 나타내고 있다.

남정루에서 급한 비를 만나

양주를 두루 다니다 익주에 이르렀는데

올해 다시 노강을 건너 여행하네.

강산은 겹겹이 다투어 눈에 들어오고

비바람은 종횡으로 어지러이 누각으로 들어오네.

사람들은 주리족 말을 하고 요족이 사는 동굴을 만나니

노 젓는 노랫소리에 고깃배는 내려가네.

하늘 끝 평온하여 돌아가는 마음 게으르기만 한데

올라 바라보니 아득히 시름이 생겨나려 하네.

南定樓遇急雨[1]

行遍梁州到益州,[2] 今年又作度瀘遊.[3]

江山重複爭供眼, 風雨縱橫亂入樓.

人語侏離逢峒獠,[4] 棹歌欸乃下漁舟.[5]

天涯住穩歸心嬾,[6] 登覽茫然却欲愁.

【해제】

54세 때인 순희淳熙 5년1178 4월, 성도成都를 떠나 임안臨安으로 돌아오던 도중 노주瀘州에서 쓴 것으로, 공업을 이루지 못한 채 돌아오는 안타까움이 나타나 있다.

『검남시고』에서는 제5구의 '주侏'가 '주朱'로, 제6구의 '어漁'가 '오吳'
로 되어 있다.

【주석】

1 南定樓(남정루) : 누각 이름. 지금의 사천성 노주시(瀘州市)에 있다.

2 梁州(양주) : 고대 주(州) 이름으로, 남정(南鄭) 일대를 가리킨다.

益州(익주) : 성도(成都) 일대를 가리킨다.

3 瀘(로) : 노강(瀘江). 노주 남쪽을 흐르는 강으로, 노수(瀘水) 또는 금사강(金沙江)이라고도 한다.

4 侏離(주리) : 서부 지역의 소수 민족.

峒獠(동료) : 요족(獠族)이 사는 동굴. 요족은 광동(廣東), 광서(廣西), 운남(雲南), 귀주(貴州) 등 중국 서남방 지역에 광범위하게 분포하는 소수 민족으로 '요족(僚族)'이라고도 하며, 주로 산간 동굴 등지에서 기거한다.

5 欸乃(애내) : 의성어. 노 젓는 소리, 또는 노를 저을 때 부르는 노랫소리.

6 天涯(천애) : 하늘 끝. 여기서는 떠나와 있는 촉(蜀) 땅을 가리킨다.

嬾(란) : 게으르다, 싫다.

【해설】

이 시에서는 남정과 성도를 떠돌다 노강을 건너 임안으로 돌아오게 되었음을 말하고, 소수 민족이 거주하고 험한 산세가 이어지는 노주의 이국적인 풍광을 묘사하고 있다. 이어 누각에서 바라보이는 평온한 풍경에 잠시 마음이 끌리지만, 아무런 성과 없이 도성으로 돌아가고 있는 자신의 신세에 깊은 회한을 나타내고 있다.

부주에서

옛 보루 서쪽 가에 새벽에 배를 매어두고

난간에 기대어 머리 긁노라니 생각이 끝이 없네.

단약 빚는 아궁이 만들려 해도 끝내 땅이 없고

여지를 보지 못하니 먼 여행길 헛되기만 하네.

대로는 강에 가까워 어지러이 널린 돌이 많고

인가는 물을 피해 위태롭게 세운 집이 태반이네.

사군께서 힘드시게 객을 머물게 할 필요 없나니

남방의 비와 구름에 내 시름겨워지려 하네.

涪州¹

古壘西偏曉繫舟, 倚欄搔首思悠悠.

欲營丹竈竟無地,² 不見荔枝空遠遊.

官道近江多亂石, 人家避水半危樓.³

使君不用勤留客,⁴ 瘴雨蠻雲我欲愁.⁵

【해제】

54세 때인 순희淳熙 5년1178 4월, 성도成都를 떠나 임안臨安으로 돌아
오던 도중 부주涪州에서 쓴 것으로, 여행길의 객수를 나타내고 있다.

『검남시고』에서는 제3구 다음에 "땅에서 단사가 나온다地産丹砂", 시

본문 다음에 "태수가 술자리에 초청하였으나 사양하고 가지 않았다太守招飮辭不往"라는 자주自注가 있다.

【주석】

1 涪州(부주) : 지명. 지금의 중경시(重慶市) 부릉구(涪陵區)이다.

2 丹竈(단조) : 단약을 제조하는 부뚜막.

3 危樓(위루) : 위태롭게 세워진 누각.

4 使君(사군) : 지방관 수령에 대한 존칭. 여기서는 부주태수(涪州太守)를 가리킨다.

5 瘴雨(장우) : 풍토병을 일으키는 남방 지역의 비.

【해설】

이 시에서는 아무런 성취 없이 임안으로 돌아오고 있는 자신의 신세를 한탄하며 끝없는 상념에 빠져들고 있다. 이어 큰길에 어지러이 널린 돌과 물을 피해 위태롭게 세워진 집을 통해 물가에 자리한 부주의 경관을 특징적으로 묘사하고, 가슴 가득한 시름으로 인해 부주태수의 초대조차 사양하였음을 말하고 있다.

황학루

손에 신선의 푸른 옥 지팡이 들고

나의 행로 홀연히 이른 가을에 이르렀네.

창룡궐 모퉁이로 돌아가는 길이 어찌하여 늦기만 한지?

황학루 안에서 취해 알지 못한다네.

장강과 한수가 교차하여 물결은 아득하고

진과 당의 유적엔 풀만 무성하네.

평생 긴 피리 소리 듣기 좋아했는데

갈라진 돌 뚫린 구름 사이 어느 곳에서 부는지?

黃鶴樓[1]

手把仙人綠玉枝,[2] 吾行忽及早秋期.

蒼龍闕角歸何晚,[3] 黃鶴樓中醉不知.

江漢交流波渺渺,[4] 晉唐遺迹草離離.[5]

平生最喜聽長笛, 裂石穿雲何處吹.

【해제】

54세 때인 순희淳熙 5년[1178] 6월, 성도成都를 떠나 임안臨安으로 돌아오던 도중 악주鄂州에서 쓴 것으로, 황학루에 오른 감회를 나타내고 있다.

【주석】

1 黃鶴樓(황학루) : 누각 이름. 지금의 호북성(湖北省) 무한시(武漢市) 무창구 (武昌區)의 황학산에 있다. 『남제서(南齊書)・주군지(州郡志)』에는 신선 자안(子安)이 황학을 타고 이곳을 지나갔다고 하였으며, 『태평환우기(太平 寰宇記)』에는 신선 비문위(費文禕)가 황학을 타고 가다 이곳에서 잠시 쉬었 다고 하였다. 『보응록(報應錄)』에 인용된 『무창지(武昌志)』의 기록에 따르 면, 한 사나이가 벽에 황학을 그리고선 후에 이를 불러내어 타고 하늘로 올라 가니 사람들이 그곳에 누각을 지어 황학루라 불렀다고 한다.

2 綠玉枝(녹옥지) : 푸른 옥가지. 전설상 신선이 들고 다닌다는 옥 지팡이로, 지 팡이를 비유한다.

3 蒼龍闕(창룡궐) : 낙양(洛陽) 고궁에 있는 궁궐 이름. 여기서는 임안에 있는 남송(南宋)의 궁궐을 가리킨다.

4 渺渺(묘묘) : 멀고 아득한 모양.

5 離離(이리) : 성하고 많은 모양.

【해설】

이 시에서는 10년 세월을 촉 지역에서 보내고 이제는 늙어 지팡이 짚고 임안으로 돌아오는 길에 계절 또한 이미 가을로 접어들었음을 탄 식하고, 아직 끝나지 않은 여정을 떠올리며 황학루에 올라 술에 취하 고 있다. 이어 아득히 펼쳐진 강물과 풀이 무성한 옛 유적지를 바라보 며 덧없는 인생의 무상함을 생각하고, 평소 추구하던 신선 세계에 대한 지향을 나타내고 있다.

나의 오두막집

내 오두막집 비록 작으나 또한 좋으니

새로 사립문 만들고 푸른 이끼 잘라내었네.

세워놓은 장대는 늘 돌아가는 학을 막아 들어오게 하고

낚싯배는 때로 저무는 태양과 함께 돌아오네.

호수 기슭의 연기는 물 너머에서 피어올라 합해지고

울타리 국화는 서리 이기며 연이어 피어나네.

천 리 밖 안기생이 이를 어찌 얻을 수 있으리?

웃으며 이웃 사람 불러 함께 술잔 전한다네.

吾廬

吾廬雖小亦佳哉, 新作柴門斸綠苔.[1]

挂杖每闌歸鶴入, 釣船時帶夕陽來.

壚煙隔水霏霏合,[2] 籬菊凌霜續續開.

千里安期那可得,[3] 笑呼鄰父共傳杯.

【해제】

54세 때인 순희淳熙 5년[1178] 10월 산음山陰에서 쓴 것으로, 호숫가 오두막집에서 지내는 여유와 즐거움을 노래하고 있다.

【주석】

1   斸(촉) : 깎다, 자르다.

2   霏霏(비비) : 연기가 날아오르는 모양.

3   安期(안기) : 안기생(安期生). 전설상 동해에서 고래를 타고 다닌다는 신선으로, 진시황이 동해로 놀러 갔을 때 그와 사흘 밤낮을 이야기하고 황금과 벽옥(璧玉) 천만을 하사였으나 모두 버려두고 떠나갔다고 한다.

【해설】

이 시에서는 좁고 허름한 오두막집이라도 늘 학과 함께하고 저녁까지 낚시하며 한가로이 지낼 수 있는 까닭에 스스로 만족해하고 있음을 말하고 있다. 이어 물안개가 피어오르고 국화가 끊임없이 피는 호숫가 오두막집의 경관을 묘사하고, 안기생 같은 신선도 이를 누리지 못할 것이라 자부하며 이웃을 불러 함께 즐거운 술자리를 즐기고 있다.

건안과 이별하며

가랑비 막 그쳐 구름은 아직 돌아가지 않았고

나의 여행길은 만추의 시기에 이르렀네.

찬 모래 위 새로 날아온 기러기에게 물어보는 이 없고

우물가 쇠잔한 오동나무엔 나그네의 슬픔이 있네.

나그네 옷의 서리 털며 새벽에 말 불렀다가

역참 창에서 촛불 심지 자르며 밤에 시를 쓰네.

한가로이 다시 산을 찾는 꿈을 꾸니

꿈속에서의 공명은 스스로 기약할 수 없다네.

別建安[1]

小雨初收雲未歸, 吾行迨及晚秋時.[2]

寒沙新雁無人問, 露井殘桐有客悲.

征袂拂霜晨喚馬,[3] 驛窗剪燭夜題詩.[4]

悠然且作尋山想, 夢裏功名莫自期.

【해제】

55세 때인 순희淳熙 6년[1179] 9월 제거복건상평다염공사提擧福建常平茶鹽
公事로 있다가 조정의 부름을 받고 건안建安을 떠나며 쓴 것으로, 만추
에 느끼는 쓸쓸한 심정이 나타나 있다.

『검남시고劍南詩稿』에는 제목이 「막 건안을 떠나며初發建安」로 되어 있다.

【주석】

1   建安(건안) : 옛 군(郡) 이름으로, 지금의 복건성 건구시(建甌市) 지역이다.

2   迨及(태급) : 다다르다, 때에 이르다.

3   征袂(정메) : 여행복, 여장(旅裝).

4   剪燭(전촉) : 촛불의 심지를 자르다.

【해설】

이 시에서는 만추에 건안을 떠나 먼 여정을 시작하게 되었음을 말하고, 먼 길 날아온 기러기와 잎 진 오동나무를 통해 고되고 노쇠해진 자신을 비유하고 있다. 이어 새벽과 밤으로 구분하여 고된 여정의 과정을 나타내고, 꿈에서와는 달리 현실에서는 공업의 수립을 기약조차 할 수 없는 것에 안타까워하고 있다.

의현대에 올라

층층 누대는 아스라이 성곽을 누르고 있는데

지팡이 의지하고 와 드넓은 봄 경치를 구경하네

술 동이 앞에서 천 리까지 다 내다보고

옷 위의 십 년 먼지를 씻어내네.

굽이져 도는 물은 온화한 기운 품고 있고

평평한 먼 산은 너그러운 사람 같네.

더욱이 사사로운 마음 다시 있지 않음이 기쁘니

모래톱 갈매기 백로와도 역시 친하다네.

登擬峴臺[1]

層臺縹緲壓城闉,[2] 倚杖來觀浩蕩春.

放盡樽前千里目, 洗空衣上十年塵.

縈迴水抱中和氣,[3] 平遠山如醞藉人.[4]

更喜機心無復在,[5] 沙邊鷗鷺亦相親.[6]

【해제】

56세 때인 순희淳熙 7년1179 정월 무주撫州에서 제거강남서로상평다염공사提擧江南西路常平茶鹽公事로 있을 때 의현대에 올라 쓴 것으로, 봄을 즐기는 여유롭고 평안한 심정이 나타나 있다.

1 擬峴臺(의현대) : 누대 이름. 무주(撫州) 성내 동쪽에 있으며, 무주는 지금의
강서성 임천현(臨川縣)이다.

2 縹緲(표묘) : 높고 아득한 모양.

城闉(성인) : 성안에 있는 중문. 일반적으로 성곽을 가리킨다.

3 縈迴(영회) : 굽이져 돌아흐르다.

4 醞藉(온자) : 너그럽고 관대하다.

5 機心(기심) : 교묘히 속이는 마음, 이익을 추구하는 마음.

6 沙邊鷗鷺(사변구로) : 모래톱의 갈매기와 백로. 이 구는 세속에 대한 욕심이
없는 상태를 의미한다.『열자(列子)‧황제(黃帝)』에 "바닷가에 사는 사람 중
에 갈매기를 좋아하는 사람이 있어 매일 아침 바닷가로 가서 갈매기와 어울려
놀았는데, 갈매기가 이르는 것이 백 마리에 그치지 않았다. 그 아버지가 말하
기를 '내가 듣기에 갈매기들이 모두 너와 어울려 논다고 하던데 내가 데리고
놀게 네가 잡아 와 보렴'이라 하였다. 다음 날 바닷가로 가니 갈매기들이 춤만
출 뿐 내려오지 않았다(海上之人有好漚鳥者, 每旦之海上從漚鳥遊, 漚鳥
之至者, 百住而不止. 其父曰, 吾聞漚鳥皆從汝遊, 汝取來吾玩之. 明日之
海上, 漚鳥舞而不下也)"라 하였다.

【해설】

이 시에서는 높은 누대에 올라 사방에 펼쳐진 봄날의 경관을 감상하
며 지난 10년간 촉蜀 지역을 떠돌다 돌아온 자신의 삶을 회상하고 있다.

이어 촉 지역과는 달리 무주의 낮게 펼쳐진 산과 굽이져 흐르는 강물의 모습에서 마음의 평안과 위안을 느끼고, 이제는 공업 수립의 욕망에서 벗어나 세상 명리에 초연해진 자신에 대해 기쁨을 나타내고 있다.

초한에 느낀 바 있어

늘어선 나무에 낙엽은 불고 물에는 모래섬이 생겨나는데
이 몸은 옛 목주의 궁벽한 산에 떨어져 있네.
베갯머리에 이르는 빗소리는 객의 꿈을 깨고
창 등진 등불 그림자는 맑은 시름을 일으키네.
기상은 우수와 두수를 찌르건만 외로운 검만 있고
힘은 용마루와 들보를 당기건만 만 마리 소가 없네.
흉노를 섬멸하지 못한 채 몸이 이미 늙으니
이내 생애 장량의 책략을 헛되이 지니고 있었네.

初寒有感

橫林吹葉水生洲, 身落窮山古睦州.**1**
到枕雨聲醒客夢, 背窓燈影動淸愁.
氣衝牛斗有孤劍,**2** 力挽棟梁無萬牛.**3**
未滅匈奴身已老,**4** 此生虛負幄中籌.**5**

【해제】

63세 때인 순희淳熙 14년1187 겨울 엄주嚴州에서 쓴 것으로, 회재불우한 자신의 신세를 탄식하고 있다.

『검남시고』에서는 제목이 「초한 휴가일에 느낀 바 있어初寒在告有感」로 되어 있으며, 제3구의 '성객醒客'이 '감려酣旅'로, 제5구의 '우牛'가 '성星'으로 되어 있다. 총3수 중 제3수이다.

【주석】

1 睦州(목주) : 엄주(嚴州)의 옛 이름. 지금의 절강성 서부 전당강(錢塘江) 유역으로, 동려현(桐廬縣), 순안현(淳安縣), 건덕시(建德市) 일대이다.

2 牛斗(우두) : 우수(牛宿)와 두수(斗宿). 전설에 용천검(龍泉劍)과 태아검(太阿劍)이 나타날 때 우수와 두수 사이로 보검의 기운이 솟았다고 한다. 용천검과 태아검에 대해서는 앞의 권1 「여름밤 크게 취했다 깬 후 느낀 바 있어(夏夜大醉醒後有感)」주석 2 참조.

3 棟梁(동량) : 용마루와 들보.
  萬牛(만우) : 만 마리 소. 산에서 재목을 끌고 갈 소를 가리킨다.

4 匈奴(흉노) : 한대(漢代)의 북방 이민족으로, 여기서는 금(金)의 오랑캐를 가리킨다.

5 幄中籌(악중주) : 군막 안의 산가지. 장량(張良)의 책략을 가리킨다. 한 고조가 장량에 대해 '군막 안에서 산가지를 움직여 천 리 밖에서 승리를 결정한다(運籌帷幄之中, 決勝千里之外)'고 말한 것에서 유래하였다.

【해설】

이 시에서는 초겨울에 나그네 신세로 엄주에서 지내고 있는 쓸쓸한 자신을 말하고, 비 오는 밤 밤새도록 등불 켜고 시름에 잠 못 이루고 있는 모습을 나타내고 있다. 이어 중원수복의 기개는 드높고 이를 실현할 자신의 힘과 지략 또한 뛰어나지만, 지방관을 전전하며 이를 발휘할 기회를 얻지 못하고 헛되이 늙어가고 있음을 안타까워하고 있다.

붓 가는 대로 쓰다

낙양의 궁궐은 빼곡하고 드높은데

호인의 칙륵가를 차마 들을 수 있으리?

구름 너머 장강과 회수엔 푸른 봉황이 나는데

이슬 젖은 가시덤불에 청동 낙타는 묻혔으리.

붉은 마음 여전히 있는 것이 스스로도 우스운데

백발에 장차 늙어감을 어이할까나?

어찌하면 철갑 삼만 기병을 얻어

임금을 위해 옛 산하를 되찾으리?

縱筆

東都宮闕鬱嵳峨,¹ 忍聽胡兒敕勒歌.²

雲隔江淮翔翠鳳, 露霑荊棘沒銅駝.³

丹心自笑依然在, 白髮將如老矣何.

安得鐵衣三萬騎, 爲君王取舊關河.⁴

【해제】

62세 때인 순희淳熙 13년1186 겨울 엄주嚴州에서 쓴 것으로, 금金의 치하에 있는 낙양을 떠올리며 수복의 꿈을 나타내고 있다.

『검남시고』에서는 제6구의 '의矣'가 '거去'로, 제8구의 '관關'이 '산山'

으로 되어 있다. 총3수 중 제2수이다.

【주석】

1 東都(동도) : 낙양(洛陽).

2 胡兒(호아) : 호인(胡人). 여기서는 금인(金人)을 가리킨다.

   敕勒歌(칙륵가) : 북조(北朝) 민가. 본래 가사는 선비어(鮮卑語)인데 한자로

   기록되어 『악부시집(樂府詩集)・잡가요사(雜歌謠辭)』에 전한다.

3 銅駝(동타) : 청동 낙타상. 낙양 궁문에 있었다. 『진서(晉書)・삭정전(索靖

   傳)』에 "삭정은 선견지명이 있어 천하가 장차 어지러워질 것임을 알고 낙양

   궁문의 청동 낙타를 가리키며 탄식하여 말하기를, '분명 네가 가시덤불 속에

   있는 것을 보겠구나'라고 하였다(靖有先識遠量, 知天下將亂, 指洛陽宮門銅

   駝歎曰, 會見汝在荊棘中耳)"라 하였다.

4 關河(관하) : 산하(山河).

【해설】

   이 시에서는 성대한 낙양의 궁궐이 금金에 점령되어 모욕을 당하고
있음을 말하고, 궁문 앞에 있던 청동 낙타상이 지금은 가시덤불 속에
묻혀 있을 모습을 상상하며 비통함을 나타내고 있다. 이어 나라에 헌
신하고자 하는 자신의 충심은 여전하건만 몸은 이미 늙어 버렸음을 탄
식하며, 북벌을 통한 중원의 수복을 갈망하고 있다.

관사에서

끊어진 쑥처럼 만 리를 떠도는데

동려강 위로 또 가을바람 부네.

처리하고 남은 문서 말미엔 많은 글자가 축축하고

관아에서 물러 나온 마당 가운데엔 서 있는 아전들이 없네.

등불 밝힌 시장 주루에서 술값 싼 줄을 알고

사람들 노래하고 소리치는 마을 길에서 풍년임을 깨닫네.

병든 태수 즐거운 뜻 없으리라 누가 말하는가?

그래도 고을 사람들과 어울려 함께 웃는다네.

官居

萬里飄然似斷蓬, 桐廬江上又秋風.**1**

判餘牘尾棲鴉濕,**2** 衙退庭中立雁空.**3**

燈火市樓知酒賤, 歌呼村路覺年豐.

誰言病守無歡意,**4** 也與邦人一笑同.

【해제】

62세 때인 순희淳熙 13년1186 가을 엄주嚴州에서 쓴 것으로, 바쁜 공무와 그 속에서도 여유를 즐기는 지방관의 일상이 나타나 있다.

『검남시고』에서는 제목이 「관사에서 놀이 삼아 읊다官居戲詠」로, 제8

구의 '방邦'이 '타他'로 되어 있다. 총3수 중 제1수이다.

【주석】

1 桐廬江(동려강) : 동계(桐溪)라고도 하며 지금의 절강성 동려현(桐廬縣) 서
   북쪽에 있다.

2 牘尾(독미) : 공문서의 아랫부분. 문서에 대한 재가나 지시 사항을 기록하였다.
   棲鴉(서아) : 깃들인 까마귀. 많은 글씨를 가리킨다. 문서에 먹물로 글자가 빼
   곡히 쓰여 있는 것이 마치 까마귀가 모여 있는 것 같다 하여 비유한 말이다.

3 立雁(입안) : 서 있는 기러기. 관아의 아전을 가리킨다. 수령의 결재를 받기 위
   해 아전들이 나란히 서 있는 모습이 마치 기러기와 같다 하여 비유한 말이다.

4 病守(병수) : 병든 태수. 나약하고 무능한 지방관을 가리킨다. 자신에 대한 겸
   손의 표현이다.

【해설】

이 시에서는 타향에서 관직 생활을 하며 또 한 해를 보내고 있음을
말하고, 산적한 공무에서 벗어나 잠시 휴식을 취하고 있다. 이어 시장
주점으로 나가 풍년을 맞아 기뻐하는 고을 사람들과 함께 어울려 즐겁
고 여유로운 시간을 보내고 있다.

신년에

인간 세상 살아가며 꿈은 이미 길기만 한데

신년에 모자 벗으니 그저 희끗희끗한 머리뿐이네.

앉아서 의기 펼치니 진나라 협객 같고

길에서 노래 부르니 초나라 미치광이 같네.

걸상 내려 현자 불러 함께 이야기하고 싶지만

문 닫아걸고 그저 술에 취해 멍하니 있다네.

회계산과 섬계 물굽이가 비록 즐길 만하지만

끝내 기련산 옛 전장을 생각하네.

新年

寄迹人間夢已長, 新年脫帽始微霜.¹

坐中使氣如秦俠,² 陌上行歌類楚狂.³

下榻欲招賢與語,⁴ 杜門聊以醉爲鄕.⁵

稽山剡曲雖堪樂,⁶ 終憶祁連古戰場.⁷

【해제】

62세 때인 순희淳熙 13년¹¹⁸⁶ 봄 산음山陰에서 쓴 것으로, 공업을 이루지 못한 아쉬움과 미련을 나타내고 있다.

『검남시고』에서는 제5구의 '하下'가 '소掃'로, '현賢'이 '빈賓'으로 되어 있다.

【주석】

1 微霜(미상) : 약한 서리. 희끗해진 머리를 비유한다.

2 秦俠(진협) : 진나라의 협객. 진 시황을 암살하려 했던 연(燕)나라의 자객 형
가(荊軻)를 가리킨다. 본래 위(衛)나라 사람으로 연나라로 옮겨가 살며 악사
고점리(高漸離), 은사 전광(田光) 등과 친하게 지냈다. 후에 연나라 태자 단
(丹)의 사주를 받아 진왕(秦王) 정(政)을 암살하려 했으나 실패하고 죽임을
당했다. 형가(荊軻)가 진나라로 떠날 때 "바람 소소한데 역수는 차갑고, 장사
는 한 번 떠나면 다시 돌아오지 못하리(風蕭蕭兮易水寒, 壯士一去兮不復
還)"라며 비분강개한 노래를 부르니, 듣는 사람들이 눈을 부릅뜨고 머리카락
이 곤두섰다고 한다.

3 楚狂(초광) : 초나라의 광인. 춘추시대 초(楚)나라 육통(陸通)을 가리킨다.
육통은 자가 접여(接輿)로, 소왕(昭王) 때 벼슬에 나아가지 않으려 미친 척하
여 '초광(楚狂)' 또는 '광접여(狂接輿)'로 불렸다. 후에 아미산(峨眉山)에 은
거하여 도를 닦아 신선이 되었다고 한다. 『논어(論語)·미자(微子)』에 초나
라 미치광이 접여가 공자 곁을 지나가며 노래하기를 "봉황이여, 봉황이여. 어
찌하여 덕이 이리도 쇠하였는가. 지나간 일들은 돌이킬 수 없지만, 다가올 일
들은 좇을 수 있네. 그만두어라, 그만두어라. 지금 정치에 뛰어들면 위험하리
(鳳兮, 鳳兮. 何德之衰. 往者不可諫, 來者猶可追. 已而, 已而. 今之從政者
殆而)"라고 했는데 공자가 그와 이야기를 나누어보려고 하였지만 접여가 자

리를 떠났다고 한다.

4 下榻(하탑) : 걸상을 내리다. 평소 걸어놓았다가 현자를 맞이하여 예우하는

   것을 의미한다.

5 杜門(두문) : 문을 닫다.

   醉鄕(취향) : 술에 취해 정신이 멍한 상태.

6 稽山(계산) : 회계산(會稽山). 지금의 절강성 소흥시(紹興市) 동남쪽에 있다.

   剡曲(섬곡) : 섬계(剡溪)의 물굽이. 섬계는 지금의 절강성 승현(嵊縣) 서남쪽

   에 있다.

7 祁連(기련) : 산 이름. 지금의 감숙성 서부와 청해성 동북부 일대의 산으로, 여

   기서는 금(金)과 대치한 남정(南鄭) 지역을 가리킨다.

【해설】

이 시에서는 오래도록 꿈만 간직한 채 또 한 해를 보내며 늙게 되었
음을 말하고, 자신을 형가와 접여에 비유하며 의기는 높건만 꿈을 실
현하지 못한 울분을 나타내고 있다. 이어 그저 술에 의지하여 현실의
좌절을 잊으려 하며 남정에 종군했던 옛 시절을 회상하고 있다.

은현을 유람하며

저녁 비 막 그쳐 이내 맑아지니

배를 사서 옛 바닷가 성을 찾아가네.

높이 솟은 돛에 석양빛이 비끼어 걸려있고

급히 젖는 노에 사람 말소리 들리지 않네.

물을 스치며 모래톱 해오라기는 훨훨 날아 지나가고

주방에서 내어온 눈 같은 생선은 점점이 선명하네.

산천은 사람과 함께 늙지 않으니

이 생애 끝나도록 다시 몇 번이나 동쪽으로 올 수 있으리?

遊鄞[1]

晚雨初收旋作晴,[2] 買舟訪舊海邊城.

高帆斜挂夕陽色, 急櫓不聞人語聲.

掠水翻翻沙鷺過,[3] 供廚片片雪鱗明.

山川不與人俱老, 更幾東來了此生.[4]

【해제】

　62세 때인 순희淳熙 13년1186 여름 산음山陰에서 쓴 것으로, 은현으로
유람을 나간 감회를 나타내고 있다.

1 鄞(은) : 지명. 지금의 절강성 은현(鄞縣)이다.

2 旋(선) : 이내, 금방.

3 掠水(약수) : 물을 스치다.

4 幾(기) : 몇 차례.

   東來(동래) : 동쪽으로 오다. 은현으로 오는 것을 의미한다.

【해설】

이 시에서는 저녁 무렵 비가 개고 맑은 틈을 타 배를 띄워 바닷가 은현으로 유람을 하러 갔음을 말하고, 저물녘이라 급히 노를 저어 가고 있는 배 안의 상황을 나타내고 있다. 이어 눈앞에 펼쳐진 아름다운 경관과 먹음직스러운 생선회를 통해 여행의 즐거움을 말하고, 유한한 인생이라 언제까지나 늘 다시 찾아와 즐길 수 없음을 아쉬워하고 있다.

휴일에 군의 밭에 나가

남산은 눈썹 먹과 같이 붉은 대문을 비추고

지형이 관사에 이어져 오는 이도 드무네.

가을 나비는 배회하며 시든 풀을 스치고

외로운 꽃은 옅은 빛깔로 석양을 희롱하네.

황량한 성의 가무 소리는 객을 즐겁게 하기 어렵지만

휴일이라 공문서에서는 해방되었네.

그래도 작년 궁벽한 마을에서 머물 때보다는 나으니

누워 다듬이 소리 들으며 가을옷을 생각한다네.

休日行郡圃

南山如黛照朱扉,**1** 地接官居到亦稀.

寒蝶徘徊掠衰草, 孤花閑淡弄斜暉.

荒城歌舞難娛客, 休日文書且解圍.

猶勝去年窮巷底,**2** 臥聞砧杵念秋衣.**3**

【해제】

62세 때인 순희淳熙 13년1186 가을 엄주嚴州에서 쓴 것으로, 타향에서 관직 생활하는 감회를 나타내고 있다.

『검남시고』에서는 제4구의 '한閑'이 '섬閃'으로 되어 있다.

【주석】

1　南山(남산) : 엄주성(嚴州城)과 마주하고 있는 산으로, 마목산(馬目山)의 지
류이다.

2　窮巷(궁항) : 궁벽한 마을. 고향인 산음(山陰)을 가리킨다.

3　砧杵(침저) : 다듬잇돌과 다듬잇방망이. 여기서는 다듬이질 소리를 가리킨다.

【해설】

　이 시에서는 엄주의 관사가 남산 자락에 있어 평소 오는 이도 드묾을
말하며, 눈앞에 보이는 처연한 가을 풍경으로 자신의 쓸쓸한 심경을 나
타내고 있다. 이어 성에서 들려오는 가무 소리에 아무런 흥도 나지 않
지만 휴일이라 공무에서 벗어나 홀가분함을 말하며, 그래도 지금이 산
음에서 은거할 때보다는 지금이 낫다는 말로 스스로를 위안하고 있다.

밤에 거닐며

시장 사람들아 눈 덮인 머리를 비웃지 말지니

동서남북 길을 발 가는 대로 거닌다네.

바람에 구름 밖 사찰의 종소리 이따금 들려오고

물에는 술집 누각의 등불 그림자 일렁이네.

학은 천 년이 지나 요동 바다로 돌아왔고

단풍잎 오강에 지니 또 가을이 되었네.

배 문 닫고 깨어 있으며 잠들지 못하니

반 열린 창으로 지는 달이 맑은 시름을 비추네.

夜步

市人莫笑雪蒙頭,**1** 南陌東阡信脚遊.**2**

風遞鐘聲雲外寺, 水搖燈影酒家樓.

鶴歸遼海逾千歲,**3** 楓落吳江又一秋.**4**

却掩船扉耿無寐, 半窻落月照淸愁.

【해제】

61세 때인 순희淳熙 12년1185 가을 산음山陰에서 쓴 것으로, 한밤에 느끼는 시름을 나타내고 있다.

『검남시고』에서는 제2구의 '남맥북천南陌東阡'이 '북맥남천北陌南阡'으로 되어 있다.

【주석】

1   雪蒙頭(설몽두) : 눈 덮인 머리. 흰 머리칼로 가득한 머리를 가리킨다.

2   南陌東阡(남맥동천) : 동서남북 사방으로 난 길. '맥(陌)'은 동서로 난 길을,
    '천(阡)'은 남북으로 난 길을 가리킨다.

3   鶴歸遼海(학귀료해) : 학이 요동 바다로 돌아오다. 학이 되어 천 년 만에 요동
    으로 돌아온 정령위(丁令威)를 가리킨다. 앞의 권2「천왕광교원은 즙산 동쪽
    산기슭에 있는데,(天王廣敎院在葰山東麓,)」주석 6 참조.

4   吳江(오강) : 오송강(吳松江). '송강(松江)' 또는 '오송강(吳淞江)'이라고도
    하며, 강소성 태호(太湖) 아래에서 절강성을 지나는 강이다.

【해설】

이 시에서는 홀로 정처 없이 밤길을 걷고 있는 자신을 말하며, 한밤
에 느끼는 피안의 소리와 세속의 경관을 대비하여 묘사하고 있다. 이
어 인간 세상의 유한함과 세월의 촉급함을 안타까워하며, 밤늦도록 잠
을 이루지 못하고 상념에 잠기고 있다.

북사에 올라

성 둘러 산은 푸른 파도 만들며 기우는데

어이하여 공문서는 날마다 할 일이 있는지?

나를 귀찮게 하지 말라 아전들을 해산시키고

홀로 누대에 올라가 피어나는 구름 바라보네.

차 달여 익으니 향기가 코에 떠오르고

시구 다듬어 완성되니 기쁨이 미간에 요동치네.

쇠한 늙은이 담백한 생활을 비웃지 말지니

다른 해엔 그래도 방간과 짝할 수 있었다네.

登北榭¹

遠城山作翠濤傾, 底事文書日有程.²

無溷我爲揮吏散,³ 獨登樓去看雲生.

香浮鼻孔煎茶熟, 喜動眉間煉句成.

莫笑衰翁淡生活, 它年猶得配玄英.⁴

【해제】

62세 때인 순희淳熙 13년1186 겨울 엄주嚴州에서 쓴 것으로, 바쁜 공무 중에 시간을 내어 북사에 올라 즐기는 감회를 나타내고 있다.

『검남시고』에서는 마지막 구 다음에 "방간에게 천봉사 시가 있다方干

有千峯榭詩"라는 자주自注가 있으며, 제5구의 '공孔'이 '관觀'으로 되어 있다.

【주석】

1 北榭(북사) : 정자 이름. 원명은 천봉사(千峰榭)로, 엄주의 북쪽에 있어 이와
   같이 불렀다.

2 底事(저사) : 무슨 일. '하사(何事)'와 같다.

3 溷(혼) : 더럽히다, 번거롭게 하다.

4 玄英(현영) : 방간(方干). 당대 시인으로, 생전에 뜻을 얻지 못하다가 사후에
   진사 급제에 추증되었으며 세칭 현영선생(玄英先生)이라 하였다.

【해설】

이 시에서는 주변에 아름다운 산세가 에워싸고 있지만 이를 즐길 여
유도 없이 매일 같이 공무에 바쁘기만 한 신세를 탄식하고, 마침내 공
무를 물리치고 북사에 올라 주변의 풍광을 감상하고 있다. 이어 차를
마시고 시를 쓰는 기쁨을 말하며, 일찍이 천봉사에 올라 시를 썼던 방
간에 자신을 견주고 있다.

칠언절구七言絶句

평양 역사의 매화

뱃길에 구름은 옅어 아직 비로 내리진 않는데

매화는 지려 하니 태반이 진흙 묻었네

본디 봄 신의 뜻을 저버리지 않기에

맑은 시 절구 하나를 손수 쓴다네.

平陽驛舍梅花¹

江路輕陰未成雨,² 梅花欲過半沾泥.

遠來不負東皇意,³ 一絶淸詩手自題.

【해제】

34세 때인 소흥紹興 28년¹¹⁵⁸ 겨울 영덕현寧德縣 주부主簿로 부임하던 도중 평양平陽에서 쓴 것으로, 지는 매화를 보고 안타까운 심정을 나타내고 있다.

【주석】

1 平陽(평양) : 지명. 지금의 절강성 평양현(平陽縣)이다.

2 輕陰(경음) : 옅은 구름.

3 東皇(동황) : 봄을 관장하는 신. '동군(東君)'이라고도 한다.

【해설】

이 시에서는 뱃길로 가는 도중 이미 많은 꽃이 시들어 땅에 떨어져 있는 평양 역사의 매화를 바라보며 아쉬움을 나타내고, 봄 신의 뜻을 받들어 매화를 노래하는 시를 한 수 쓰고 있음을 말하고 있다.

산을 바라보며

자줏빛 비췻빛 사이에 자그마한 초가집 지으니

올해도 반년의 한가로움은 얻었네.

문 앞의 나뭇잎 져 분명 서리 내린 새벽이니

다시금 서남쪽 한 귀퉁이 산을 보네.

看山

小葺茅茨紫翠間,**1** 今年偸得半年閑.**2**

門前木落須霜曉, 且看西南一角山.

【해제】

39세 때인 융흥隆興 원년1163 산음山陰에서 쓴 것으로, 새로 초가집을 만든 기쁨을 노래하고 있다.

【주석】

1　茅茨(모자) : 초가집.

2　半年閑(반년한) : 반년의 한가로움. 내년 봄까지는 걱정 없이 편하게 지낼 수 있음을 말한다.

【해설】

이 시에서는 온갖 색으로 가득한 늦가을에 새로 초가집을 마련한 기쁨과 안도를 나타내고, 평온한 심정으로 서리 내린 산의 풍광을 감상하고 있다.

놀이 삼아 쓰다

말 달려 자수파를 평평하게 누르고

배 띄워 난사와를 횡으로 잘라 버리네.

지금껏 평온한 마음에 의지하였건만

험난함을 만나니 강건함이 많음을 비로소 알겠네.

戲題

走馬平欺刺繡坡,[1] 放船橫截亂絲渦.[2]

從來倚簡心平穩, 遇險方知得力多.[3]

【해제】

48세 때인 건도乾道 8년1172 봄 양산梁山에서 쓴 것으로, 말 달리고 배
타는 행위를 지명의 뜻에 착안하여 해학적으로 나타내고 있다.

【주석】

1　平欺(평기) : 평평하게 누르다, 압도하다.

　　刺繡坡(자수파) : 언덕 이름. 수를 놓은 듯한 산언덕이라는 뜻이다.

2　橫截(횡절) : 횡으로 절단하다. 배를 타고 가로질러 가는 것을 말한다.

　　亂絲渦(난사와) : 여울 이름. 실이 어지러이 엉켜있는 듯한 여울이라는 뜻이다.

3　得力(득력) : 강인하다.

【해설】

이 시에서는 '자수刺繡'라는 이름의 언덕에서 말을 달리는 모습을 마치 바늘이 오가며 수를 놓는 듯한 모습으로 나타내고, '난사亂絲'라는 이름의 여울에서 배를 모는 모습을 횡으로 실을 자르는 모습으로 표현하고 있다. 이어 평소에는 자신의 마음이 평온하기만 한 줄 알았는데, 어려움을 겪으니 강인함 또한 많음을 알게 되었음을 말하고 있다.

청촌사에서

십 년을 머무르며 도성 문을 바라보았으니

물에 임하고 산에 올라 몇 번이나 혼이 끊어졌던가?

짧은 살쩍 머리는 하얗게 세고 몸은 늙으려 하는데

작은 누각의 밝은 달 아래 청촌사에서 묵네.

靑村寺

十年淹泊望修門,[1] 臨水登山幾斷魂.

短鬢星星身欲老,[2] 小樓明月宿靑村.

【해제】

48세 때인 건도乾道 8년1172 11월 남정南鄭에서 성도成都로 돌아오던 도중 면주綿州에서 쓴 것으로, 공업을 이루지 못하고 돌아오는 아쉬움이 나타나 있다.

『검남시고』에서는 제4구의 '명明'이 '미微'로 되어 있다.

【주석】

1 淹泊(엄박) : 머무르다.

修門(수문) : 초(楚)나라 도성인 영성(郢城)의 문. 여기서는 남송의 도성인 임안(臨安)을 가리킨다.

2 星星(성성) : 머리가 하얀 모습.

【해설】

이 시에서는 관직 생활하는 십 년 동안 도성만을 바라보며 북벌의
소망이 이루어지기를 고대했지만, 꿈은 실현되지 못하고 여러 번 좌절
과 절망에 비통해했음을 말하고 있다. 이어 이미 늙고 쇠약해진 자신
을 한탄하며, 사찰의 작은 누각에서 잠을 청하고 있는 모습을 통해 자
신의 초라하고 의기소침한 현실을 나타내고 있다.

제비 그림에 쓰다

물을 스치며 한 쌍 제비 막 날고

만 점 꽃잎 날리며 춘사일의 비는 넉넉하네.

고생하며 둥지 만듦을 그대 비웃지 마시게,

지금껏 나 또한 내 오두막을 사랑한다네.

題畫燕

一雙掠水燕來初,¹ 萬點飛花社雨餘.²

辛苦成巢君勿笑, 從來吾亦愛吾廬.

【해제】

53세 때인 순희淳熙 4년1177 7월과 8월 사이 성도成都에서 사찰에 그려진 제비 벽화를 보고 쓴 것이다.

『검남시고劍南詩稿』에는 제목이 「성 북쪽 청련원에는 사찰 벽 사이에 제비를 그린 것이 있는데, 지나는 객이 시를 많이 써놓았기에 나 또한 놀이 삼아 절구 두 수를 쓰다.城北靑蓮院, 方丈壁間有畫燕子者, 過客多題詩, 予亦戲作二絶句」로 되어 있으며, 절구 2수가 수록되어 있다.

【주석】

1 掠水(약수): 물을 스치다. 여기서는 벽화 속 제비의 모습을 가리킨다.

2   社雨(사우) : 사일(社日)에 내리는 비. 여기서는 춘사일(春社日)을 가리킨다.

【해설】

이 시에서는 벽화에 그려진 제비의 모습을 묘사하며 춘사일 내리는
비에 꽃잎이 날려 떨어지는 봄의 경관을 나타내고 있다. 이어 둥지를
만드느라 애쓰는 제비의 노고를 위안하며 자신 또한 남들이 보기에는
초라하지만 자신의 오두막집을 아끼고 사랑함을 말하고 있다.

서주 절구 3수

아름다운 배로 비를 뚫고 융주로 들어가니

아득히 높은 산 아래로 두약섬이 가로놓여 있네.

시절 평안하여 변방 봉화 고요하다 믿지 말지니

전해오는 봉화가 밤마다 서루에 이른다네.

문장으로 어찌하여 죄를 지어 임금의 노여움을 샀던가?

비바람 이는 남쪽 계곡에서 취했다가 깨네.

팔십 년 지나 버려진 노인은 사라지고

무너진 거처엔 담도 없이 풀만 무성하네.

초 땅과 오 땅 향하는 배로 또 멀리 여행하니

완화계의 행락 떠올리며 서주의 꿈을 꾸네.

천 심 쇠사슬이 한스럽기만 하니

헛되이 장강만 막을 뿐 시름은 막지 못하는구나.

敍州三絶[1]

畫船衝雨入戎州,[2] 縹緲山橫杜若洲.[3]

休信時平邊堠靜,[4] 傳烽夜夜到西樓.

文章何罪觸雷霆,[5] 風雨南谿自醉醒.

八十年間遺老盡, 壞堂無壁草青青.

楚柂吳檣又遠遊,⁶ 浣花行樂夢西州.⁷

千尋鐵鎖還堪恨,⁸ 空鎖長江不鎖愁.

【해제】

54세 때인 순희淳熙 5년1178 4월, 성도成都를 떠나 임안臨安으로 돌아오던 도중 서주敍州에서 쓴 것으로, 공업을 이루지 못하고 돌아오는 아쉬움이 나타나 있다.

『검남시고』에서는 제목이 「서주敍州」로, 제1수 제3구의 '휴休'가 '수須'로 되어 있다. 제1수 시 본문 다음에 "주에서 서루를 만들었다州治西樓", 제2수 시 본문 다음에 "무등원은 황정견의 옛 거처이다無等院山谷故居", 제3수 시 본문 다음에 "쇄강정이다鎖江亭"라는 자주自注가 있다.

【주석】

1 敍州(서주) : 지금의 사천성 의빈시(宜賓市) 지역이다.

2 戎州(융주) : 서주의 옛 이름.

3 杜若(두약) : 향초 이름.

4 邊堠(변후) : 변방의 봉화대.

5 雷霆(뇌정) : 황제의 노여움. 북송(北宋) 철종(哲宗) 소성(紹聖) 연간(1094

~1097)에 황정견(黃庭堅)이 필화에 연루되어 융주로 유배된 일을 가리킨다.

6　楚柁吳檣(초타오장) : 초 땅으로 가는 키와 오 땅으로 가는 돛대. 고향으로 돌
　　아가는 배를 가리킨다.

7　浣花行樂(완화행락) : 완화계(浣花溪)에서의 즐거운 행락. 완화계는 두보(杜
　　甫)의 초당이 있는 성도 서쪽에 있는 개울로, 봄이면 행락객들로 가득하였다.
　　西州(서주) : 성도(成都)를 가리킨다.

8　尋(심) : 길이의 단위. 7척(尺) 또는 8척에 해당한다.
　　鐵鎖(철쇄) : 쇠사슬. 서주 쇄강정(鎖江亭)에는 강 양 언덕에 큰 바위가 솟아
　　있어 여기에 쇠사슬을 연결하여 강을 가로질러 설치하여 방어용으로 사용하
　　였다.

【해설】

　제1수에서는 뱃길로 빗속에 융주로 들어가고 있음을 말하며, 밤마
다 전해오는 봉화를 통해 지금이 금金과 대치하고 있는 엄중한 시국임
을 나타내고 있다.

　제2수에서는 서주로 유배되었던 황정견을 떠올리고 그의 옛 거처를
찾아갔지만, 팔십 년 세월이 지나 이미 그는 사라지고 황폐해진 거처
에 풀만 무성함을 말하고 있다.

　제3수에서는 고향으로 향하는 배에서 성도에서의 생활을 회상하고,
쇄강정의 쇠사슬로도 막을 수 없는 깊은 시름을 나타내고 있다.

용흥사에서 거처했던 두보를 기리며

중원 땅 요동치며 평안을 잃으니

전란의 불과 오랑캐의 흙먼지가 낙양과 장안에 이르렀었네.

왕을 따르던 노신은 만 리 밖에 있으며

차가운 날씨에 이곳에 와서 강물 소리 들었으리.

龍興寺弔少陵先生寓居¹

中原草草失承平,² 戍火胡塵到兩京.³

扈蹕老臣身萬里,⁴ 天寒來此聽江聲.

【해제】

54세 때인 순희淳熙 5년1178 4월, 성도成都를 떠나 임안으로 돌아오던 도중 충주忠州에서 쓴 것으로, 용흥사를 지나며 두보杜甫를 조문하고 있다.

『검남시고』에서는 시 본문 다음에 "두보의 시를 살펴보면 아마도 가을과 겨울 사이에 이 주에서 지낸듯하다. 사찰 문에서 들리는 강물 소리가 심히 웅장하다以少陵詩考之, 蓋以秋冬間寓此州也. 寺門聞江聲甚壯"라는 자주自注가 있다.

【주석】

1 龍興寺(용흥사) : 지금의 사천성(四川省) 충현(忠縣)에 있는 사찰. 두보(杜

甫)가 만년에 동쪽으로 배를 타고 내려가다가 이곳에 도착하여 잠시 머물면서 「충주 용흥사 거처의 벽에 쓰다(題忠州龍興寺所居阮壁)」라는 시를 썼다.

2 草草(초초) : 흔들리고 안정되지 않은 모양.

3 胡塵(호진) : 오랑캐의 먼지. 안사(安史)의 반군을 가리킨다. 안사의 반군들은 대부분 거란(契丹), 해(奚), 돌궐(突厥) 등으로 이루어져 있어 이와 같이 불렀다.

4 扈蹕(호필) : 어가를 수행하다.

【해설】

이 시에서는 당대 안사安史의 난이 일어나 낙양과 장안이 반군에게 함락되었던 일을 말하고, 두보가 비록 황제를 따르며 충심을 다했지만 만년에 쫓겨나 이곳까지 이르게 되었음을 탄식하고 있다.

영석산의 세 봉우리를 지나며 2수

기이한 봉우리가 말을 맞이하여 쇠잔한 늙은이를 놀래키니

촉 땅과 오 땅의 산들이 일시에 씻어 없어진 듯하네.

땅에서 올려져 오천 인 높이로 푸르른데

그것을 수고롭게 하여 내 작은 시 속에 말아 접어 넣네.

새벽 햇빛은 희미하고 눈은 아직 다 녹지 않았는데

세 봉우리 우뚝 서 구름 사이에 꽂혀 있네.

늙은이 서쪽 정벌 나서는 장군과 같아

가슴에 화산 하나를 먼저 담아 두었다네.

過靈石三峯二首[1]

奇峯迎馬駭衰翁,[2] 蜀嶺吳山一洗空.[3]

拔地靑蒼五千仞,[4] 勞渠蟠屈小詩中.[5]

曉日曈曨雪未殘,[6] 三峯傑立挿雲間.

老夫合是征西將, 胸次先收一華山.[7]

【해제】

54세 때인 순희淳熙 5년1178 10월 제거복건로상평다염공사提擧福建路常

平茶鹽公事에 임명되어 건안建安으로 부임할 때 강산江山에서 쓴 것으로, 영석삼봉靈石三峰을 보며 북벌의 의지를 기탁하고 있다.

【주석】

1 靈石(영석) : 산 이름. 지금의 강랑산(江郎山)으로, 절강성 강산현(江山縣) 남쪽에 있다.

2 衰翁(쇠옹) : 쇠약한 늙은이. 자신을 가리킨다.

3 蜀嶺吳山(촉령오산) : 촉 땅의 봉우리들과 오 땅의 산.

4 仞(인) : 길이의 단위. 깊이나 높이를 나타내며, 7척(尺) 또는 8척에 해당한다.

5 渠(거) : 그것. 대명사. 여기서는 영석산(靈石山)을 가리킨다.

6 曈曨(동롱) : 새벽빛이 희미한 모양.

7 華山(화산) : 중국의 오악(五岳) 중 하나인 서악(西岳). 화악산(華岳山) 또는 태화산(太華山)이라고도 하며, 지금의 섬서성 화음현(華陰縣) 남쪽에 있다.

【해설】

제1수에서는 영석산의 세 봉우리가 놀랄 듯이 기이하고 장대하여 사천과 강남 일대의 뭇 산들을 압도하고 있음을 말하고, 봉우리의 구체적인 높이와 경관을 묘사하며 이를 작은 편폭의 시에 담아내고 있음을 말하고 있다.

제2수에서는 희미한 새벽빛 받으며 꼭대기에 눈도 채 녹지 않은 모습으로 구름을 뚫고 솟아 있는 세 봉우리의 위용을 묘사하고, 그래도

자신의 가슴속엔 이미 화산華山으로 채워져 있음을 말하며 중원 정벌을
향한 변함없는 의지를 나타내고 있다.

귀주에서의 단오절

경주하는 배의 붉은 깃발은 급한 여울에 가득한데

잠에서 깨어 선창으로 한가롭게 구경하네.

굴원의 고향에서 단오절을 맞으니

여느 해의 종자 쟁반과는 비교할 수 없네.

歸州重五[1]

鬪舸紅旗滿急湍,[2] 船窗睡起亦閑看.

屈平鄕國逢重五,[3] 不比常年角黍盤.[4]

【해제】

54세 때인 순희淳熙 5년[1178] 5월, 성도成都를 떠나 임안臨安으로 돌아오던 도중 귀주歸州를 지나며 쓴 것으로, 굴원에 대한 추모의 뜻을 나타내고 있다.

『검남시고』에서는 제목 다음에 "굴원의 사당은 주의 동남쪽 5리에 있는 귀향타에 있는데, 아마도 굴원의 옛 거처이다屈平祠, 在州東南五里歸鄕沱, 蓋平故居也"라는 자주自注가 있다.

【주석】

1 歸州(귀주) : 옛 주(州) 이름. 지금의 호북성 자귀현(秭歸縣)이다.

重五(중오) : 단오절. 음력 5월 5일이다.

2 鬪舸(투가) : 다투는 큰 배. 단오절을 맞아 강에서 배를 몰아 경주를 하는 것을 말한다.

3 屈平(굴평) : 굴원(屈原). 이름이 평(平)이고 자가 원(原)이다. 전국시대 초(楚)나라의 삼려대부(三閭大夫)를 지냈으며 참소되어 상수(湘水)로 추방당해 유랑하다가 자신의 억울함을 호소하며 멱라수(汨羅水)에 투신하였다.

4 角黍盤(각서반) : 종자(粽子)를 담은 쟁반. 종자는 댓잎이나 갈댓잎에 밥을 넣어 삼각형 모양으로 싼 음식으로, 단오절의 대표적인 음식이다. 모여서 함께 먹거나 굴원을 추모하며 강에 던져 물고기에게 주었다.

【해설】

이 시에서는 단오절을 맞은 귀주의 떠들썩한 광경을 한가롭게 바라보고 있으며, 이곳이 굴원의 고향인 까닭에 여느 단오절과는 감회가 남다름을 말하고 있다.

굴원의 사당

원수에게 투항했던 일을 가히 아니

가시덤불 속 장화대를 나라 사람들은 슬퍼하였네.

공이 금석 같은 수명이 없어

진왕 자영이 목매달던 때를 보지 못함이 한스럽네.

屈平廟

委命仇讎事可知,¹ 章華荊棘國人悲.²

恨公無壽如金石, 不見秦嬰係頸時.³

【해제】

54세 때인 순희淳熙 5년¹¹⁷⁸ 5월, 성도成都를 떠나 임안臨安으로 돌아오던 도중 귀주歸州를 지나며 쓴 것으로, 굴원의 사당을 참배하며 그에 대한 추모의 뜻을 나타내고 있다.

【주석】

1 委命(위명) : 목숨을 맡기다, 투항하다.

2 章華(장화) : 장화대(章華臺). 초(楚)나라의 이궁(離宮)으로, 춘추시대 초(楚) 영왕(靈王)이 만들었다고 한다. 지금의 호북성 감리현(監利縣)에 옛터가 있다.

3 秦嬰(진영) : 진왕(秦王) 자영(子嬰). 진(秦) 시황(始皇)의 동생으로, 진나라의 3세 황제이다. 유방(劉邦)의 군대가 함양(咸陽)에 이르자 스스로 목을 매어 자결하였다. 재위 기간은 46일이다.

【해설】

이 시에서는 초楚 회왕懷王이 진秦나라에 화친을 청하며 투항했던 일을 말하고, 이로 인해 초나라가 멸망하여 백성들이 비통해하였음을 말하고 있다. 이어 굴원이 진나라가 멸망하는 것을 보지 못하고 죽은 것을 안타까워하고 있다.

초 궁성

강가 황폐한 성에 원숭이와 새는 비통한데

강 건너편이 바로 굴원의 사당이라네.

일천 오백 년간의 일이여,

오로지 강물 소리만 옛날과 같네.

楚城

江上荒城猿鳥悲, 隔江便是屈平祠.[1]

一千五百年間事,[2] 只有灘聲似舊時.

【해제】

54세 때인 순희淳熙 5년1178 5월, 성도成都를 떠나 임안臨安으로 돌아오던 도중 귀주歸州를 지나며 쓴 것으로, 옛 초나라 궁성 터에서 인간 세상의 무상함을 생각하고 있다.

【주석】

1 屈平祠(굴평사) : 굴원의 사당

2 一千五百年(일천오백년) : 굴원이 죽은 후 지금까지의 시간을 가리킨다.

【해설】

이 시에서는 황폐해진 초의 궁성 및 원숭이와 새의 비통한 울음소리로 망국의 슬픔을 나타내고, 굴원의 사후 인간 세상에는 지금껏 수많은 일이 있었지만 강물 소리는 변함없이 유구함을 말하고 있다.

건안과 이별하며

삼십 년 행각승이여

늘 바리때 걸망 메고 행전을 묶었네.

인연을 믿으며 어리석은 둥지와 굴을 만들지 않으니

바로 우리의 무진등이라네.

別建安

三十年來雲水僧,[1] 常挑鉢袋繫行縢.[2]

信緣不作癡巢窟,[3] 卽是吾家無盡燈.[4]

【해제】

55세 때인 순희淳熙 6년1179 9월 건안建安을 떠나며 쓴 것으로, 오랜
세월 행각승으로 살아온 승려를 칭송하고 있다.

『검남시고』에서는 제2구의 '대袋'가 '대帒'로 되어 있다. 총3수 중 제
1수이다.

【주석】

1 雲水僧(운수승) : 행각승(行脚僧). 구름과 물 같이 정처 없이 떠돈다고 하여
   이와 같이 불렀다.

2 鉢袋(발대) : 바리때를 싼 걸망.

行縢(행등) : 행전(行纏). 먼 길을 갈 때 종아리를 싸는 천.

3 巢窟(소굴) : 둥지와 굴. 일정한 거처를 가리킨다.

4 無盡燈(무진등) : 불가 용어. 천만 개의 등을 밝히는 하나의 등을 가리키며, 불법으로 무수한 중생을 구제하는 것을 의미한다.

【해설】

이 시에서는 30년 동안 행각승으로 지내온 승려의 무소유의 삶을 말하고, 그를 천만 중생을 구제하는 무진등이라 칭송하고 있다.

간곡정선육방옹시집
澗谷精選陸放翁詩集

권9

육유(陸游) 무관(務觀) 찬(撰)

나의(羅椅) 자원(子遠) 선(選)

칠언절구七言絶句(46수)

작은 뜰

자그마한 뜰에 안개에 싸인 풀은 이웃집에 이어져 있고
뽕나무들은 구불구불한 길을 따라 무성하네.
누워 도연명의 시를 읽다 미처 다 읽지도 못하고
다시 가랑비 오는 틈 타 나가서 오이밭에 김을 매네.

小園

小園煙草接隣家, 桑柘陰陰一徑斜.[1]
臥讀陶詩未終卷, 又乘微雨去鋤瓜.[2]

【해제】

57세 때인 순희淳熙 8년1181 4월 산음山陰에서 쓴 것으로, 독서와 농
사일을 병행하고 있는 일상이 나타나 있다. 총4수 중 제1수이다.

【주석】

1 桑柘(상자) : 뽕나무와 산뽕나무.

　　陰陰(음음) : 깊고 어둑한 모양. 잎이 무성한 것을 가리킨다.

2 鋤瓜(서과) : 오이에 호미질하다. 오이 밭에 김을 매는 것을 가리킨다.

【해설】

　이 시에서는 풀이 자욱하게 자라고 뽕나무 잎이 무성해진 봄날 집 주변의 경관을 묘사하고, 도연명의 시를 읽으며 전원생활을 즐기고 있는 자신을 나타내고 있다.

호숫가에 올해 노니는 사람이 자못 많아 놀이 삼아 쓰다 2수

아름다운 배엔 북치고 피리 불며 「양주곡」이 실리고

삼경도 되지 않아 구불구불 놀러 나오네.

홀연 노랫소리가 은하수에서 나오니

어느 집 화사한 누각에서 잔치를 벌이네.

조정 관부에서 빚은 술은 해마다 새로우니

난정춘은 경호춘보다 좋다네.

삼산의 작은 술 항아리야 비록 우습지만

그래도 늘 호숫가에서 사람 취하게 한다네.

湖上今歲遊人頗盛戲作二首

畫船鼓吹載涼州,¹ 不到三更枉出遊.

忽有歌聲出雲漢,² 誰家開宴五雲樓.³

臺府官醅歲歲新,⁴ 蘭亭春勝鏡湖春.⁵

三山小瓮雖堪笑,⁶ 也向湖邊作醉人.

【해제】

73세 때인 경원慶元 3년1197 봄 산음山陰에서 쓴 것으로, 경호에 유람을 나온 사람들을 바라보며 은거 생활의 감회를 나타내고 있다.

『검남시고』에서는 제3구의 '운운(運雲)'이 '소소(小霄)'로 되어 있으며. 총4수 중 제2수와 제4수이다.

【주석】

1　涼州(양주) : 곡조 이름. 「양주곡(涼州曲)」을 가리킨다. 양주는 지금의 감숙 성 무위현(武威縣)으로, 『악부해제(樂府解題)』에 "양주궁조곡은 개원 연간 에 서량부도독 곽지운이 바친 것이다(涼州宮調曲, 開元中西涼府都督郭知 運所進也)"라 하였다.

2　雲漢(운한) : 은하수.

3　五雲樓(오운루) : 호화롭고 아름다운 누각. '오운(五雲)'은 청(靑), 적(赤), 백 (白), 흑(黑), 황(黃)의 오색구름을 가리킨다.

4　臺府(대부) : 어사부(御史府). 여기서는 조정의 부서를 범칭한다.

　　官醅(관배) : 관(官)에서 빚은 술.

5　蘭亭春(난정춘) : 술 이름. 관에서 빚은 술이다.

　　鏡湖春(경호춘) : 술 이름. 경호에서 빚은 술이다. 경호는 지금의 절강성 소흥 시(紹興市) 남쪽에 있는 호수로, 육유는 경호 가에 오두막을 짓고 기거하였다.

6　三山(삼산) : 산 이름. 산음(山陰)의 남쪽 경호(鏡湖) 가에 있다.

　　小瓮(소옹) : 작은 술 항아리.

【해설】

제1수에서는 호수 위와 호숫가에 놀러 나온 사람이 가득함을 말하고, 화사한 누각에서 한밤중까지 이어지는 성대한 연회의 모습을 나타내고 있다.

제2수에서는 관에서 해마다 새로 빚는 술이 시골의 술보다는 뛰어나지만, 보잘것없는 시골의 술이나마 그래도 호숫가에서 취하고 즐기기에는 부족함이 없음을 말하고 있다.

여러 생각 2수

기구한 인생 백 년에 무엇을 이루었던가?

추위와 더위가 서로 재촉하니 백발이 되었네.

설령 금단을 얻어 참으로 죽지 않는다고 한들

호인 동상 만지며 다시금 시름 더하리.

세상에 새와 물고기는 각자 날고 잠기며

초가집과 푸른 산은 옛날과 지금이 따로 없네.

결국 이외 다른 것들을 없애 버리면 시름겹지 않을 터인데

얼마나 많은 사람이 평생의 마음을 그것에 허비했던가?

雜感二首

百年鼎鼎成何事,**1** 寒暑相催卽白頭.

縱得金丹眞不死, 摩挲銅狄更添愁.**2**

世間魚鳥各飛沉, 茅屋靑山無古今.

畢竟替他愁不得,**3** 幾人虛費一生心.**4**

【해제】

74세 때인 경원慶元 4년1198 봄 산음山陰에서 쓴 것으로, 인생의 가치

와 의미에 대한 상념을 나타내고 있다. 총10수 중 제4수와 제5수이다.

【주석】

1   鼎鼎(정정) : 쓰러지고 넘어지는 모양. 인생의 기구함을 의미한다.

2   銅狄(동적) : 호인(胡人)의 동상. 진(秦) 시황(始皇)이 천하를 통일한 후 천하
    의 병기를 녹여 주조했다고 하는 12인의 호인 동상으로, 여기서는 금인(金人)
    을 가리킨다.

3   畢竟(필경) : 결국, 마침내.
    替(체) : 버리다, 대체하다.

4   一生心(일생심) : 한평생의 마음.

【해설】

제1수에서는 어느 하나 이룬 것 없이 백발로 늙어 버렸음을 탄식하
고, 설령 불사약을 얻어 영원히 죽지 않는다고 한들 금(金)을 몰아내지
못한 회한으로 가득할 것이 말하고 있다.

제2수에서는 물고기와 새들이 저마다의 삶의 방식에 순응하며 살아
가고 초가집과 푸른 산은 예나 지금이나 변화가 없음을 말하며, 자연
을 벗어난 세상 명리에 대한 추구와 욕망이 인간의 시름의 원인임을
말하고 있다.

검문관을 지나는 도중에 가랑비를 맞다

옷에는 여행길의 먼지가 술 자국과 뒤섞여 있고

머나먼 여정, 어느 하나 마음 아프지 않은 곳 없구나.

이 몸도 응당 시인이 아니겠는가?

가랑비 속에 나귀 타고 검문관을 들어서네.

劍門道中遇微雨[1]

衣上征塵雜酒痕, 遠遊無處不消魂.[2]

此身合是詩人未,[3] 細雨騎驢入劍門.

【해제】

48세 때인 건도乾道 8년[1172] 11월 남정南鄭을 나와 검문劍門을 지나며 쓴 것으로, 북벌의 희망이 무산된 것에 대한 실망과 비탄의 심정이 나타나 있다.

【주석】

1　劍門(검문) : 검문관(劍門關). 지금의 사천성 검각현(劍閣縣) 북쪽이며 촉(蜀)으로 들어가는 관문이었다.

2　消魂(소혼) : 혼을 녹이다. 지극히 비통함을 비유한다.

3　合是(합시) : 틀림없이 ~이다.

【해설】

　이 시에서는 먼지와 술 자국이 뒤섞여 있는 남루한 옷차림을 통해
중원수복이 무산된 실망과 비통함을 나타내고, 한중漢中 땅의 경관들이
다만 회한과 아쉬움만 자아내게 할 뿐임을 말하고 있다. 이어 자신 또
한 어쩔 수 없는 나약한 시인에 불과함을 자조하며, 실의에 빠진 무기
력한 모습으로 가랑비 속에 나귀를 타고 촉 땅으로 들어오고 있다.

삼협가 5수

신녀묘에 가을 달은 밝고

황우산 안에 저녁 원숭이 소리 들리는데

위험한 길 목숨도 아까워하지 않고

닻줄로 배 끌어 저녁 무렵에 지나가네.

무산 십이 봉 중에 아홉 봉우리를 보니

비췻빛 뱃머리엔 가을 하늘이 가득하네.

아침 구름과 저녁 비 이야기는 모두가 헛된 말이니

밝은 달 아래 밤새도록 원숭이는 울어대네.

산 꽃 어지러이 꽂아 대 삿갓은 붉은데

만족의 노랫소리가 동서 양계에서 서로 화답하네.

홀연 사방으로 흩어져 있는 곳 모르겠더니

달빛 밟고 여라 꺾으며 동굴로 돌아오네.

만주의 개울 서쪽에 꽃과 버들은 많아

사방 이웃이 죽지가로 호응하네.

그대에게 묻나니, 오늘 밤 취하도록 술 마시지 않으면

이 시내 가득한 밝은 달을 어찌하실는지?

봄이 저물던 때 내 남빈을 유람하며

일찍이 촉의 배를 원숭이 매달린 가지에 묶었네.

구름은 강 언덕의 굴원 탑에 자욱하고

꽃은 빈산의 우 임금 사당에 떨어졌네.

三峽歌五首[1]

神女廟堂秋月明,[2] 黃牛峽裏暮猿聲.[3]

危途性命不容惜, 百丈牽船侵夜行.[4]

十二巫山見九峯,[5] 船頭彩翠滿秋空.

朝雲暮雨渾虛語,[6] 一夜猿啼明月中.

亂揷山花簪子紅,[7] 蠻歌相和瀼西東.[8]

忽然四散不知處, 踏月捫蘿歸峒中.[9]

萬州溪西花柳多,[10] 四鄰相應竹枝歌.[11]

問君今夕不痛飮, 奈此滿川明月何.

我遊南賓春暮時,[12] 蜀船曾繫挂猿枝.

雲迷江岸屈原塔, 花落空山夏禹祠.[13]

【해제】

70세 때인 소희紹熙 5년1194 겨울 산음山陰에서 쓴 것으로, 양 간문제의 「파동삼협가」를 본떠 삼협의 풍광을 노래하며 옛 추억을 회상하고 있다.

『검남시고』에서는 제목 다음에 "건도 병인년1170에 나는 처음으로 촉에 들어갔는데 위아래로 삼협이 계속되었다. 25년이 지나 산음으로 돌아와 농사를 짓는데, 우연히 양 간문제의 「파동삼협가」를 읽고 감동하여 본떠 9수를 쓴다. 실로 소희 갑인년1194 10월 2일이다乾道庚寅, 予始入蜀, 上下三峽屢矣. 後二十五年, 歸畊山陰, 偶讀梁簡文巴東三峽歌, 感之擬作九首. 實紹熙甲寅十月二日也"라는 자주自注가 있다. 제1수에서 제1구의 '당堂'이 '전前'으로, 제3구의 '석惜'이 '휼恤'로 되어 있다. 총9수 중 제1 · 3 · 7 · 8 · 9수이다.

【주석】

1 三峽(삼협) : 장강(長江) 상류에 있는 세 협곡. 구당협(瞿塘峽, 지금의 사천성 봉절현(奉節縣) 동쪽), 무협(巫峽, 지금의 사천성 무산시(巫山市) 동쪽), 서릉협(西陵峽, 지금의 호북성 의창시(宜昌市) 서북쪽)을 가리킨다.

2 神女廟(신녀묘) : 무산신녀(巫山神女)의 사당. 지금의 사천성 무산현(巫山縣) 무협(巫峽)에 있다.

3 黃牛峽(황우협) : 황우산(黃牛山). 지금의 호북성 의창현(宜昌縣) 서릉협(西陵峽)에 있다.

4 百丈(백장) : 네 조각으로 가른 대나무를 꼬아 만든 닻줄. 삼협을 거슬러 오를

때 배를 끄는 도구이다.

5 十二巫山(십이무산) : 무산의 열두 봉우리. 무협(巫峽) 양쪽 언덕에 있다.

6 朝雲暮雨(조운모우) : 아침 구름과 저녁 비가 되다. 초(楚) 회왕(懷王)이 무

산(巫山)의 신녀(神女)를 만나 이른바 '운우지정(雲雨之情)'을 나누었던 일

을 가리킨다.

7 簀子(공자) : 대나무 삿갓.

8 瀼西東(양서동) : 시내 이름. 동양계(東瀼溪)와 서양계(西瀼溪)를 가리키며,

지금의 호북성 파동현(巴東縣)에 있다.

9 蘿(라) : 여라(女蘿). 야생의 풀로, 나무나 벽 등에 의지하여 덩굴져 자란다.

10 萬州(만주) : 지명. 지금의 중경시(重慶市) 만주구(萬州區)이다.

11 竹枝歌(죽지가) : 지금의 사천성 동부 지역인 고대 파투(巴渝) 지역의 민가.

삼협의 풍광과 남녀의 사랑을 노래하였다.

12 南賓(남빈) : 지명. 지금의 중경시 충현(忠縣) 일대이다.

13 夏禹祠(하우사) : 하(夏)나라 우(禹) 임금의 사당.

【해설】

제1수에서는 신녀묘와 황우산을 들어 무협과 서릉협을 묘사하고,
대나무 닻줄로만 건너갈 수 있는 삼협의 험난한 물길을 말하고 있다.

제2수에서는 무협 양안의 무산 십이 봉에 대해 말하고, 초 회왕과
무산신녀의 사랑 이야기를 떠올리고 있다.

제3수에서는 삼협에 사는 소수 민족의 평화롭고 자유로운 생활을

말하고 있다.

제4수에서는 죽지가를 부르며 봄을 즐기는 만주 사람들의 여유로운 모습을 나타내고 있다.

제5수에서는 늦봄에 배를 타고 남빈으로 가 굴원의 탑과 우 임금의 사당을 방문했던 때를 회상하고 있다.

봄날 절구

높으신 분 만날까 두려워 성에 들어가긴 싫고

시골 다리 외로운 주점에서 나귀 타고 다니네.

천공께서 산을 보는 소원 맘껏 누리게 해주시니

수염은 하얘도 오히려 눈은 밝다네.

春日絶句

怕見公卿嬾入城,**1** 野橋孤店跨驢行.

天公遣足看山願,**2** 白盡髭鬚却眼明.**3**

【해제】

76세 때인 경원慶元 6년1200 봄 산음山陰에서 쓴 것으로, 봄 산을 마음껏 즐기는 기쁨을 나타내고 있다.

『검남시고』에서는 제목에서 '절구絶句'가 누락되어 있으며, 총6수 중 제6수이다.

【주석】

1   公卿(공경) : 신분이나 지위가 높은 사람.

2   天公(천공) : 하늘. 하늘을 의인화하여 표현한 말이다.

3   髭鬚(자수) : 콧수염과 턱수염.

【해설】

　이 시에서는 지체 높은 사람을 만날까 성안으로는 들어가지 않고 나귀 타고 한적한 시골을 거닐고 있음을 말하고, 늙어 수염은 이미 하얘졌어도 눈은 아직 밝아 봄 산의 경관을 마음껏 즐길 수 있음을 기뻐하고 있다.

한가한 중에 읊다

작은 거룻배에 오를 땐 모두가 초록 물이더니

짧은 지팡이로 이르는 곳 이내 푸른 산이라네.

스물네 차례 고과를 담당한 중서령이여,

선생을 반나절 한가로움과도 바꾸지 않으리.

閑中自詠

小艇上時皆綠水, 短笻到處卽靑山.[1]

二十四考中書令,[2] 不換先生半日閑.

【해제】

76세 때인 경원慶元 6년1200 봄 산음山陰에서 쓴 것으로, 관직 생활과는 비교할 수 없는 전원생활의 기쁨을 나타내고 있다. 총2수 중 제1수이다.

【주석】

1　笻(공) : 공죽(笻竹). 여기서는 공죽으로 만든 지팡이를 가리키며, '공장(笻杖)' 또는 '공죽장(笻竹杖)'이라고도 한다.

2　二十四考中書令(이십사고중서령) : 당대 곽자의(郭子儀)를 가리킨다. 곽자의는 중서령을 맡은 지 매우 오래되어 관원들의 인사 고과를 24차례나

맡았기에 후인들이 그를 이와 같이 불렀다. 여기서는 조정의 고관대작을
비유한다.

【해설】

이 시에서는 때로는 배에 오르고 때로는 지팡이를 짚고 다니며 초록
이 무성한 봄을 즐기고 있음을 말하고, 아무리 높고 중한 관직이라 하
더라도 시골에서 즐기는 반나절의 여유와도 바꿀 뜻이 없음을 말하고
있다.

경서를 읽으며

명아주 국과 조밥으로 늙은 몸을 보양하고

새벽에 일어나 의관 갖추어『서경』을 읽네.

서생 쓸모없다 말하지 말지니

이 한 몸 절로 요 임금 순 임금과 같다네.

讀經

藜羹粟飯養殘軀,[1] 晨起衣冠讀典謨.[2]

莫謂書生無用處, 一身自是一唐虞.[3]

【해제】

77세 때인 가태嘉泰 원년1201 겨울 산음山陰에서 쓴 것으로, 새벽부터 일어나 경서를 읽고 있는 모습이 나타나 있다.

『검남시고』에서는 제1구의 '여갱藜羹'이 '반승半升'으로, 제3구의 '서書'가 '차此'로 되어 있다.

【주석】

1 藜(려) : 명아주. 명아줏과의 한해살이풀. 어린 잎은 먹을 수 있으며 줄기는 매우 단단하여 지팡이로 만들 수 있다.

2 典謨(전모) :『서경(書經)』.「요전(堯典)」,「순전(舜典)」,「대우모(大禹謨)」,

「고요모(皋陶謨)」 등의 편명을 들어 말한 것이다.

3   唐虞(당우) : 당요(唐堯)와 우순(虞舜). 요 임금과 순 임금을 가리킨다.

【해설】

이 시에서는 명아주 국과 조밥 같은 소박하고 정갈한 음식을 먹으며
늙은 몸을 보양하고, 새벽에 일어나 의관을 갖추어 경건한 마음으로
『서경』을 읽고 있음을 말하고 있다. 이어 자신은 그저 쓸모없는 서생
이 아니며, 온몸이 요 임금과 순 임금의 덕화로 가득함을 말하고 있다.

매화 절구

들기로 매화는 새벽바람을 가르며 핀다 하니

눈 쌓인 듯 사방팔방에 두루 가득하네.

어찌하면 이 한 몸 천억 개로 변화하여

매화나무 한 그루마다 나 하나씩 있게 할 수 있을지?

梅花絶句

聞道梅花折曉風, 雪堆遍滿四山中.¹

何方可化身千億,² 一樹梅花一放翁.

【해제】

78세 때인 가태嘉泰 2년1202 봄 산음山陰에서 쓴 것으로, 매화에 대한
사랑을 노래하고 있다.

『검남시고』에서는 제1구의 '절折'이 '탁坼'으로, 제4구의 '화花'가 '전
前'으로 되어 있다. 총6수 중 제3수이다.

【주석】

1   四山(사산) : '사산오악(四山五岳)'의 준말로 사면팔방 모든 지역을 가리킨다.

2   何方(하방) : 무슨 방법.

【해설】

　이 시에서는 새벽에 눈처럼 하얗게 뒤덮이며 피어난 매화를 보고, 자신을 천억 개의 몸으로 변화시켜 매화나무 한 그루마다 마주하여 보고 싶은 마음을 나타내고 있다.

잡흥

이 한 몸 책무 다하지 못해 시름에 술을 외상 사니

눈에는 관산의 신기루가 가득하네.

자세히 헤아려보니 다만 꿈에서 본 모습과 같아

오경에 부는 비바람 이미 가을 같네.

雜興

一身逋負愁賒酒,**1** 滿眼關山海上樓.**2**

子細推來惟合睡,**3** 五更風雨已如秋.

【해제】

78세 때인 가태嘉泰 2년1202 봄 산음山陰에서 쓴 것으로, 이루지 못한 북벌의 회한을 나타내고 있다.

『검남시고』에서는 제2구의 '해海'가 '회悔'로 되어 있다. 총6수 중 제4수이다.

【주석】

1 逋負(포부) : 책무를 다하지 못하다.

2 關山(관산) : 변방 관새(關塞)의 산. 금(金)과 대치하고 있는 지역을 가리킨다.

   海上樓(해상루) : 신기루(蜃氣樓). 대합의 입김이 만들어 내는 허상의 누각.

'신(蜃)'은 대합의 일종으로, 『한서(漢書) · 천문지(天文志)』에 "바닷가 대합의 입김은 누대와 닮았다(海旁蜃氣象樓臺)"라 하였다.

3   推來(추래) : 추론하다, 헤아리다.

【해설】

이 시에서는 북벌을 이루지 못한 회한을 술로 달래며 관산關山의 환영 속에 빠져들고 있다. 이어 관산의 환영이 꿈속에서의 모습과 같음을 말하며 밤이 새도록 시름에 잠을 이루지 못하고 있다.

새소리를 듣고 느낀 바 있어

흐르는 세월 빨리 지나가 무정하기만 한데

밤낮으로 시냇가에 뻐꾸기 울음소리 들리네.

성곽 비록 남아 있어도 사람은 모두 바뀌었으니

정령위는 분명 장생술을 배운 것을 후회하리.

聞鳥聲有感

流年冉冉去無情,[1] 日夜溪頭布穀聲.[2]

城郭雖存人換盡, 令威應悔學長生.[3]

【해제】

74세 때인 경원慶元 4년1198 여름 산음山陰에서 쓴 것으로, 인생의 무상함을 말하고 있다. 총2수 중 제2수이다.

【주석】

1 冉冉(염염) : 시간이 빨리 흐르는 모양.

2 布穀聲(포곡성) : 뻐꾸기 울음소리. 뻐꾸기의 '포곡(布谷)'하는 울음소리가 마치 골짜기에 씨를 뿌리라는 뜻의 '파곡(播谷)'처럼 들리는 까닭에 옛날부터 뻐꾸기의 울음소리를 봄 농사를 재촉하는 소리로 여겼다.

3 令威(영위) : 도를 익혀 학이 되어 날아갔다가 천 년 만에 돌아온 정령위(丁令

威)를 가리킨다. 앞의 권2 「천왕광교원은 줍산 동쪽 산기슭에 있는데,(天王
廣敎院在嶯山東麓,)」 주석 6 참조.

【해설】

이 시에서는 뻐꾸기 울음소리를 듣고 세월의 빠른 흐름과 인생의 무
상함을 탄식하며, 장생술을 배운 정령위도 다른 사람들은 다 사라져
홀로 남겨진 것을 슬퍼할 것이라 말하고 있다.

7월 14일 밤에 달을 보며

옅은 구름은 다시 태청함을 더럽히지 못하고

광활한 바람과 이슬에 삼경이 되려 하네.

주렴 걷고 평생의 즐거움을 기탁하니

만 경 빈 강에 밝은 달이 드러나네.

七月十四夜觀月

不復微雲滓太淸,[1] 浩然風露欲三更.[2]

開簾一寄平生快,[3] 萬頃空江著月明.

【해제】

41세 때인 건도乾道 원년1165 7월 장강長江을 지날 때 쓴 것으로, 장강의 보름달을 보는 감회를 나타내고 있다.

【주석】

1 太淸(태청) : 지극히 맑은 상태.

2 浩然(호연) : 광활한 모양.

3 平生快(평생쾌) : 평생의 즐거움. 최고의 즐거움을 의미한다.

【해설】

　이 시에서는 옅은 구름 한 점 없이 청명한 가을밤에 삼경에 이르도록 바람과 이슬이 가득한 하늘을 바라보고 있음을 말하고, 장강 위로 떠 오른 밝은 보름달을 감상하며 이를 인생 최고의 즐거움으로 여기고 있다.

파동에서 가랑비를 만나

잠시 맑은 시내를 빌려 고기잡이 늙은이가 되니

모래톱 가 가랑비에 외로운 봉선이 젖네.

지금부터 시는 파동현에 있으니

파교의 눈보라 속에 있지 않다네.

巴東遇小雨

暫借淸溪伴釣翁, 沙邊微雨濕孤篷.[1]

從今詩在巴東縣, 不屬灞橋風雪中.[2]

【해제】

46세 때인 건도乾道 6년1170 10월 파동현巴東縣에서 쓴 것으로, 개울에서 한가로이 낚시하는 즐거움을 나타내고 있다. 총2수 중 제1수이다.

【주석】

1 篷(봉) : 봉선(篷船). 띠 풀로 지붕을 엮은 거룻배를 가리킨다.

2 灞橋風雪(파교풍설) : 파교(灞橋)의 눈보라. 파교는 장안(長安) 동쪽에 있는 다리이다. 『전당시화(全唐詩話)·정계(鄭棨)』에 따르면, 당대(唐代) 정계는 「노승시(老僧詩)」라는 제목의 오언율시를 지음에 앞 6구를 먼저 완성하고 나머지 2구를 완성하지 못한 채 "나타내고 싶은 시의 뜻은 눈이 휘날리는 파교

위의 나귀 등 위에 있는데, 이를 어떻게 얻을 것인가?(詩思在灞橋風雪中驢
子背上, 此何以得之)"라 하며 평생을 고심하였다고 한다.

【해설】

이 시에서는 파동의 개울에 잠시 머물러 가랑비 속에 봉선을 타고
낚시하는 즐거움을 나타내고 있다. 이어 눈보라 치는 파교에서 시구를
얻고자 고심했던 정계와 달리 자신은 파동의 아름다운 풍광에서 시심
이 솟아남을 말하고 있다.

눈 온 후 매화를 찾다 2수

눈 속에서 향기로운 것 또한 우연이니

세상 사람들은 봄 되기 전을 독점한다 이르네.

복사꽃과 오얏꽃이 뼛속까지 속됨을 잘 아니

어찌 그것들과 다투어 경쟁하리?

대 울타리 굽이진 물가 마을에

달은 담박하고 서리는 맑아 혼이 끊어지려 하네.

헤아려보면 전생이 조비연이었으리니

옥 같은 피부에 한 점 티끌 없이 황혼에 서 있네.

雪後尋梅二首

雪裏芬芬亦偶然,[1] 世人便謂占春前.[2]

飽知桃李俗到骨, 何至與渠爭著鞭.[3]

竹籬曲曲水邊村, 月澹霜淸欲斷魂.

商略前身是飛燕,[4] 玉肌無粟立黃昏.[5]

【해제】

57세 때인 순희淳熙 8년1181 11월 산음山陰에서 쓴 것으로, 매화의 고

고한 품성과 아름다운 자태를 노래하고 있다.

『검남시고』에서는 제목이 「눈 온 후 매화를 찾다가 우연히 절구 열 수를 얻다雪後尋梅偶得絶句十首」로 되어 있으며, 제1수 제1구의 '분분芬芬' 이 '분방芬芳'으로 되어 있다. 총10수 중 제4·6수이다.

【주석】

1　芬芬(분분) : 향기로운 모양.

2　占春前(점춘전) : 봄 이전 시기를 독점하다. 봄에는 여러 꽃이 함께 피어나 봄을 나누어 차지하지만, 매화는 홀로 피어나 봄 이전의 시기를 독차지하는 것을 말한다.

3　渠(거) : 그, 저. 대명사. 여기서는 복사꽃과 오얏꽃을 가리킨다.
　　著鞭(저편) : 채찍질하다. 서로 앞서려 경쟁하는 것을 말한다.

4　商略(상략) : 헤아려 생각하다. '상량(商量)'과 같다.

5　飛燕(비연) : 조비연(趙飛燕). 궁녀 출신으로 한(漢) 성제(成帝)의 총애를 받아 황후에 올랐으며, 애제(哀帝)의 모친이다.
　　玉肌無粟(옥기무속) : 옥 같은 피부에 좁쌀 같은 돌기도 없다. 조비연에게서 유래한 말로, 피부가 매우 부드럽고 매끄러운 것을 가리킨다.

【해설】

제1수에서는 향기 뿜으며 눈 속에 핀 매화를 우연히 발견한 기쁨을 나타내고, 매화가 이른 봄에 피어나 복사꽃과 오얏꽃과 아름다움을 다투지 않음을 말하며 그 고고한 품성을 칭송하고 있다.

제2수에서는 물가 마을의 서리 가득한 하늘 아래에서 달빛 받으며 홀로 피어 있는 매화의 모습에 안쓰러움을 나타내고, 티끌 하나 없이 순수하고 고아한 자태로 피어 있는 매화의 모습을 조비연의 피부에 비유하고 있다.

경자년 정월 18일에 매화를 보내며 2수

성 가득한 복사꽃 살구꽃이 봄 경치를 다투고

매화를 허락하지 않으니 눈이 이루어지지 않네.

세상의 뛰어난 사물은 성하고 쇠함이 없으니

만 점 바람에 감긴 모습 참으로 빼어나구나.

내 가산으로 가 술집에서 잠자며

창 앞에서 처음 서너 송이 꽃을 보았네.

북두 자루 당길 장사가 없음을 한스러워하니

자루가 동쪽 가리키게 해 화려한 봄을 재촉하는구나.

庚子正月十八日送梅二首

滿城桃杏爭春色, 不許梅花不成雪.

世間尤物無盛衰,[1] 萬點縈風正奇絶.[2]

我行柯山眠酒家,[3] 初見窗前三四花.

恨無壯士挽斗柄,[4] 坐令東指催年華.[5]

【해제】

56세 때인 순희^{淳熙} 7년¹¹⁷⁹ 정월 무주^{撫州}에서 쓴 것으로, 매화가 지

는 아쉬움을 나타내고 있다.

『검남시고』에서는 연작시가 아닌 칠언고시 12구로 되어 있으며, 4구가 추가되어 있다. 또한 제1구의 '행杏'이 '리李'로, 제4구의 '정亭'이 '유㕔'로 되어 있다.

【주석】

1   尤物(우물) : 뛰어난 사물. 여기서는 매화를 가리킨다.

   無盛衰(무성쇠) : 성하고 쇠함이 없다. 매화가 필 때나 질 때나 늘 빼어난 경관을 만들어 내는 것을 말한다.

2   縈風(영풍) : 바람에 휘감기다.

3   柯山(가산) : 산 이름. 지금의 절강성 구주시(衢州市) 남쪽에 있다.

4   斗柄(두병) : 북두칠성의 자루 부분.

5   東指(동지) : 동쪽을 가리키다. 봄이 되는 것을 의미한다. 『갈관자(鶡冠子)』에 "북두칠성의 손잡이가 동쪽을 가리키면 천하가 모두 봄이 된다(斗柄東指, 天下皆春)"라 하였다.

   年華(연화) : 일 년 중 가장 화려한 때. 봄을 가리킨다.

【해설】

제1수에서는 복사꽃과 살구꽃이 다투어 피어나 매화를 허락하지 않아 더는 눈 같은 매화를 볼 수 없음을 아쉬워하고, 성할 때뿐만 아니라 질 때도 바람에 날려 찬란한 경관을 자아내는 매화를 세상의 뛰어난 사물이라 칭송하고 있다.

제2수에서는 처음 서너 송이 피었을 때부터 보았던 매화가 이제는 화사한 봄을 맞아 지고 있음을 말하며, 흐르는 시간을 되돌릴 수 없음을 한스러워하고 있다.

연을 캐며

구름 흩어진 푸른 하늘엔 옥 갈고리 걸려있고

석성의 거룻배엔 새로 이른 가을이 가까이 있네.

헝클어진 머리로 저녁에 돌아오다가

연꽃 깜빡한 것 생각나 시름겨워하네.

采蓮

雲散靑天挂玉鉤,¹ 石城艇子近新秋.²

風鬟霧鬢歸來晩,³ 忘却荷花記得愁.⁴

【해제】

55세 때인 순희^{淳熙} 6년1179 5월 건안^{建安}에서 쓴 것으로, 연 캐는 여인의 모습을 묘사하고 있다. 총3수 중 제2수이다.

【주석】

1 玉鉤(옥구) : 옥 갈고리. 옷이나 주렴을 말아 거는 갈고리 모양의 기물. 여기서는 조각달을 가리킨다.

2 石城(석성) : 성 이름. 지금의 호북성 종상현(鍾祥縣) 부근에 있으며 삼국시대 오(吳)나라에서 만들었다.

3 風鬟霧鬢(풍환무빈) : 바람맞은 쪽머리와 안개에 젖은 살쩍 머리. 여인의 형

클어진 머리를 가리킨다.

4   忘却荷花(망각하화) : 연꽃을 잊다. 연꽃 따는 것을 잊어버린 것을 말한다.

【해설】

이 시에서는 이른 조각달이 뜬 파란 하늘 아래로 작은 배를 타고 연을 캐고 있는 상황을 말하고, 헝클어진 머리와 꽃을 따는 것을 잊어버린 아쉬움을 통해 여인의 고된 노동과 소녀 같은 심성을 나타내고 있다.

건안에서 흥을 보내어

건안의 술은 싱겁고 나그네 시름은 진하니

시 읊는 것도 그만두고 일마다 흥이 없네.

올해 머리 하얘지지 않는 것을 용납하지 않고

성루의 먼 호각 소리와 사찰의 종소리 들려오네.

성도에 다시 가고자 해도 돌아갈 수 없음을 탄식하니

홀연 서대에서 달빛 거닐던 때가 생각나네.

흰 물결은 하늘과 맞닿아 상어 악어가 가로질러 있었으니

꿈속에서도 익숙한 길은 또한 어찌 되었는지?

녹색 창과 금장식 갑옷으로 젊었을 땐 광분하였으니

몇 번이나 가을바람 속 옛 전장을 지났던가?

꿈속에서는 머나먼 민 땅의 산을 모두 잊어버리고

만 사람이 북치고 피리 불며 평량으로 들어가네.

建安遣興

建安酒薄客愁濃, 除却哦詩事事慵.[1]

不許今年頭不白, 城樓殘角寺樓鐘.[2]

錦城重到嘆無歸,[3] 忽憶書臺步月時.[4]

白浪黏天鮫鰐橫, 夢中識路亦何爲.

綠沈金鎖少時狂,**5** 幾過秋風古戰場.
夢裏都忘閩嶠遠,**6** 萬人鼓吹入平涼.**7**

【해제】

55세 때인 순희淳熙 6년1179 5월 건안建安에서 쓴 것으로, 옛날 촉蜀
지역에 종군하던 때를 회상하고 있다. 총6수 중 제1·2·5수이다.

【주석】

1 哦詩(아시) : 시를 읊다.

2 殘角(잔각) : 희미하게 들리는 호각 소리.

3 錦城(금성) : 성도(成都). '금관성(錦官城)'이라고도 하며, 성도 부근의 금강
(錦江)에서 명칭이 유래하였다.

4 書臺(서대) : 누대 이름. 지금의 사천성 화양현(華陽縣) 북쪽에 있으며, 제갈
량(諸葛亮)이 촉(蜀)의 재상으로 있을 때 이 누대를 세우고 천하의 현자들을
초빙하였다 하여 '독서대(讀書臺)'라고도 한다.

5 綠沈金鎖(녹침금쇄) : 녹색으로 칠한 창과 금색으로 장식한 갑옷. 두보(杜甫)
의 「다시 하씨를 방문하여(重過何氏)」 시 제4수의 '빗속에 금색 장식 갑옷은
버려져 있고, 이끼 위에 녹색 칠한 창은 누워있네(雨拋金鎖甲, 苔臥綠沈槍)'

구의 뜻을 차용한 것이다.

6 閩嶠(민교) : 민(閩) 땅의 산. 지금의 복건성 지역으로, 여기서는 건안(建安)
을 가리킨다.

7 平涼(평량) : 지명. 지금의 감숙성 평량시(平涼市)이다.

【해설】

제1수에서는 이 시에서는 건안에서의 무료하고 흥이 없는 일상을
말하고, 해마다 늘어나기만 하는 백발에 시름겨워하고 있다.

제2수에서는 성도로 다시 돌아갈 수 없음을 안타까워하며 촉 땅의
독서대를 거닐던 옛일을 떠올리고, 당시의 호방했던 기개를 말하며 꿈
에서 늘 나타나는 옛길을 그리워하고 있다.

제3수에서는 창과 갑옷으로 무장하고 전장을 누볐던 젊은 시절을
회상하고, 꿈에서는 멀리 건안으로 나와 있는 현실을 망각한 채 병사
들을 이끌고 북벌의 소망을 실현하고 있음을 말하고 있다.

번민을 떨쳐

사십에 위수 가로 종군하여

공명은 비록 이루지 못했으나 기개는 온전하다네.

흰머리로 동오의 시장에서 흠뻑 취해

긴 칼 뽑아 돼지 어깨를 베네.

서새산 앞의 피리 부는 소리,

곡이 끝나니 이미 낙양성을 지났네.

임금께서 세상의 근심을 모두 씻어낼 수 있으시니

어느 누대에서건 밝은 달이 없으리?

서리 바람 부는 구월에 냉기 싸늘한데

갖옷 한 벌로 표연히 사방을 누비네.

복희씨가 처음으로 그린 괘를 직접 보고

삼십 만 자 『춘추』로 고개 돌리네.

排悶

四十從軍渭水邊,[1] 功名無命氣猶全.[2]

白頭爛醉東吳市,[3] 自拔長刀割彘肩.

西塞山前吹笛聲,[4] 曲終已過洛陽城.

君能洗盡世間念, 何處樓臺無月明.

風霜九月冷颼颼,**5** 湖海飄然一布裘.**6**

親見必羲初畫卦,**7** 轉頭三十萬春秋.**8**

【해제】

69세 때인 소희紹熙 4년1193 가을 산음山陰에서 쓴 것으로, 가슴속 가득한 번민을 떨쳐 버리려 애쓰는 모습이 나타나 있다.

『검남시고』에서는 제3수 제1구의 '수수颼颼'가 '수류颼飀'로 되어 있다. 총6수 중 제3·4·6수이다.

【주석】

1 渭水(위수) : 물 이름. 감숙성 위원현(渭源縣)에서 발원하여 섬서(陝西) 지역을 지나 동관(潼關)에서 황하(黃河)로 합류한다. '위하(渭河)' 혹은 '위천(渭川)'이라고도 한다.

2 無命(무명) : 좋은 명운(命運)이 없다. 기회를 얻지 못한 것을 말한다.

3 東吳(동오) : 삼국시대 오(吳)나라 지역. 장강 동쪽에 있어 이와 같이 불렸으며, 여기서는 고향 산음 지역을 가리킨다.

4 西塞山(서새산) : 산 이름. 지금의 호북성 황석시(黃石市)에 있다.

5 颼颼(수수) : 차가운 모양.

6   湖海(호해) : 호수와 바다. 사방 각지를 가리킨다.

　　飄然(표연) : 가볍고 홀가분한 모양. 낙엽이 지고 휭한 모습을 가리킨다.

7   宓羲(복희) : 복희씨(伏羲氏). 전설상 삼황(三皇) 중의 하나로, 팔괘(八卦)를
　　만들었다고 한다.

8   春秋(춘추) : 공자가 편찬한 역사서. 노(魯)나라 은공(隱公) 원년부터 애공
　　(哀公) 14년까지 242년의 역사를 편년체로 서술하였다.

【해설】

　제1수에서는 젊었을 적 종군하여 비록 공업을 이룰 기회는 얻지 못
했으나 기개는 지금도 여전함을 말하고, 만취해 긴 칼 빼 들어 돼지를
베는 모습으로 이를 나타내고 있다.

　제2수에서는 금金에 함락된 낙양에 대한 그리움을 말하고, 북벌을
통해 세상 모든 근심을 없애줄 임금의 성덕을 칭송하고 있다.

　제3수에서는 매임 없이 사방을 자유로이 유람하며 서적을 통해 현
실의 번민을 잊고자 하는 모습이 나타나 있다.

저녁의 흥

하늘가엔 한 마리 홀로 된 기러기 소리 슬프고

울타리 가엔 몇 송이 이른 매화 피었네.

은거하는 이 추위 견디며 오래도록 문에 기대어

호수에 떨어지는 달 전송하고 돌아오네.

晚興

一聲天邊斷雁哀,[1] 數蘂籬畔蚤梅開.

幽人耐冷倚門久,[2] 送月墮湖歸去來.

【해제】

69세 때인 소희^{紹熙} 4년1193 겨울 산음山陰에서 쓴 것으로, 겨울 저녁
의 한적한 정취를 노래하고 있다.

『검남시고』에서는 제2구의 '반畔'이 '외外'로 되어 있다.

【주석】

1 斷雁(단안) : 무리에서 홀로 떨어진 기러기.

2 幽人(유인) : 은거하는 사람. 자신을 가리킨다.

【해설】

　이 시에서는 무리에서 떨어진 기러기와 이르게 핀 매화를 통해 시골에 은거하고 있는 시인의 쓸쓸한 처지와 고고한 기상을 느낄 수 있으며, 추위를 견디며 오래도록 밖에 나와 호수의 뜬 달을 구경하고 있는 모습에서 자연에 대한 사랑과 추구를 엿볼 수 있다.

나가려다 비를 만나

동풍이 비를 불어 노니는 사람 괴롭게 하니

가는 먼지 바뀌어 길 가득 새로운 진흙이네.

꽃도 버들도 잠들어 봄은 절로 나른한데

누가 알리? 내가 봄보다 더 나른한 것을.

欲出遇雨

東風吹雨惱遊人,**1** 滿路新泥換細塵.

花睡柳眠春自嬾,**2** 誰知我更嬾於春.

【해제】

70세 때인 소희紹熙 5년1194 봄 산음山陰에서 쓴 것으로, 비 오는 봄날의 정취를 노래하였다.

【주석】

1　惱(뇌) : 괴롭히다, 고뇌하게 하다.

2　嬾(란) : 나른하다, 게으르다.

【해설】

이 시에서는 봄비가 내려 놀러 나갈 수 없게 된 상황과 봄비에 길의 먼지가 가라앉아 새로 진흙이 생겨났음을 말하고 있다. 이어 구경하러 나온 사람이 없어 꽃도 버들도 잠들어 봄이 나른하다 말하고, 자신은 이런 봄보다 더 나른하다 말하고 있다.

자율에게 보이는 절구

유림에서 일찍부터 헛된 명성 훔쳐

흰머리 되도록 어찌 일찍이 독서 등불을 저버렸던가?

한 번 늙어 지금 여기에 이르게 됨을 탄식하는데

꿈에서 돌아와 네 책 읽는 소리 듣는구나.

示子聿絶句

儒林早歲竊虛名,[1] 白首何曾負短檠.[2]

堪歎一衰今至此, 夢回聞汝讀書聲.

【해제】

70세 때인 소희紹熙 5년1194 겨울 산음山陰에서 쓴 것으로, 글공부에
매진하는 아들에 대한 사랑이 나타나 있다.

『검남시고』에서는 제목이 「자율에게 보이다示子聿」로 되어 있다.

【주석】

1 儒林(유림) : 유생(儒生)의 무리.

2 短檠(단경) : 작은 등불 받침대. 독서 등불을 가리킨다.

【해설】

　이 시에서는 자신이 일찍부터 시문으로 명성을 얻어 헛된 자만심에 학문을 게을리하였음을 반성하고, 자신과 달리 어려서부터 학문에 매진하고 있는 아들의 보습을 보며 기쁨과 격려를 나타내고 있다.

초여름 절구

분분하던 홍색과 자색은 이미 먼지가 되어 버리고

뻐꾸기 울음 속에 새로 여름이 되었네.

길 양쪽 뽕나무와 삼나무는 다닐 수도 없게 자라니

이 몸이 태평시대 사람임을 비로소 알겠네.

初夏絶句

紛紛紅紫已成塵,**1** 布穀聲中夏令新.**2**

夾路桑麻行不盡, 始知身是太平人.

【해제】

71세 때인 경원慶元 원년1195 3월 산음山陰에서 쓴 것으로, 여름날의 평화로운 정취를 노래하고 있다.

『검남시고』에서는 제목이 「초여름初夏」으로 되어 있다. 총10수 중 제1수이다.

【주석】

1 成塵(성진) : 먼지가 되다. 이미 다 사라져 버린 것을 말한다.

2 布穀聲(포곡성) : 뻐꾸기 울음소리. 앞의 본권 「새소리를 듣고 느낀 바 있어 (聞鳥聲有感)」 주석 2 참조.

夏令(하령) : 여름. '령(令)'은 '관(官)의 명령'이라는 뜻으로, 고대에 달이나

계절에 따라 농사와 관련한 행정 명령을 제정한 것에서 유래하였다.

【해설】

이 시에서는 온갖 빛깔 꽃들로 만발했던 봄이 지나 뻐꾸기 울어대는

여름이 되었음을 말하고, 무성하게 자란 뽕나무와 삼나무를 보며 자신

이 태평한 시대에 살고 있음을 기뻐하고 있다.

작은 배로 가까운 마을을 노닐다

몇 칸 초가집이 절로 마을을 이루고

디딜방아 소리 속에 한낮에 문은 닫혀 있네.

차가운 해는 가라앉아 푸른 안개와 합해지려 하니

인간 세상 가는 곳마다 도화원이 있네.

시름이라 칭할 어떤 것도 알지 못한 채

동서남북 길을 한가로이 거니네.

아이들은 모두 선생이 취했다 말하는데

노란 꽃 꺾어 머리 가득 꽂네.

석양에 오래된 버드나무 있는 조씨 장원에서

북 멘 늙은 장님이 막 공연을 벌이네.

사후의 시비를 누가 관장할 수 있으리?

온 마을 사람들이 채중랑 이야기를 듣네.

小舟遊近村

數家茅屋自成村, 地碓聲中晝掩門.**1**

寒日欲沉蒼霧合, 人間隨處有桃源.**2**

不識如何喚作愁,**3** 東阡西陌且閑遊.

兒童共道先生醉, 折得黃花挿滿頭.

斜陽古柳趙家莊, 負鼓盲翁正作場.[4]
死後是非誰管得,[5] 滿村聽說蔡中郎.[6]

【해제】

　71세 때인 경원慶元 원년1195 겨울 산음山陰에서 쓴 것으로, 근교 마을을 유람하고 돌아온 감회를 나타내고 있다.

　『검남시고』에서는 제목에 '배를 버리고 걸어 돌아오다捨舟步歸'가 추가되어 있으며, 두 번째 시 제2구의 '서西'가 '남南'으로 되어 있다. 총4수 중 제1·3·4수이다.

【주석】

　1　地碓(지대) : 디딜방아.

　2　桃源(도원) : 도화원(桃花源). 도잠(陶潛)의 「도화원기(桃花源記)」에 등장하는 마을. 앞의 권5 「초봄에 감회를 쓰다(初春書懷)」 주석 5 참조.

　3　喚作(환작) : ~라 칭하다.

　4　作場(작장) : 공연판을 벌이다.

　5　管(관) : 관장하다, 마음대로 하다.

　6　蔡中郎(채중랑) : 채옹(蔡邕). 동한(東漢)의 명신(名臣)으로 자가 백개(伯

嗜)이다. 문장과 서법에 뛰어났으며, 채염(蔡琰)의 부친으로 유명하다. 여기서는 채옹이 젊은 시절 부귀영화를 위해 부모와 처를 버렸던 이야기를 공연한 것을 가리킨다.

【해설】

제1수에서는 몇 집이 한데 모여 살고 있는 산촌 작은 마을의 풍요롭고 고요한 정경을 묘사하고, 저녁노을과 어우러진 아름다운 풍광을 바라보며 이곳이 마치 도화원인 듯 여기고 있다.

제2수에서는 마을 길을 발길 닿는 대로 한가롭게 거닐며 머리 가득 꽃을 꽂은 채 동네 아이들과 무람없이 어울리고 있는 모습이 나타나 있다.

제3수에서는 옛 장원에 모여 눈먼 예인이 공연하는 채중랑 이야기를 듣고 있는 사람들의 모습을 보며, 사람에 대한 사후의 평가는 백성들에 의해 결정되는 것임을 말하고 있다.

한 병 술의 노래

장안의 시장에서 봄바람 속에 취하니

많은 꽃 어지러이 꽂아 모자 가득 붉네.

인간 세상 흥하고 폐한 일 모두 보니

일찍이 부귀한 것도 없고 빈궁한 것도 없네.

一壺歌

長安市上醉春風,[1] 亂揷繁花滿帽紅.[2]

看盡人間興廢事, 不曾富貴不曾窮.[3]

【해제】

71세 때인 경원慶元 원년1195 겨울 산음山陰에서 쓴 것으로, 인생무상과 달관의 감회를 나타내고 있다. 총5수 중 제5수이다.

【주석】

1 長安(장안) : 지명. 지금의 절강성 해녕시(海寧市) 장안진(長安鎭)이다.

2 亂揷(난삽) : 어지러이 꽂다.

3 窮(궁) : 빈궁하다. 여기서는 득의하지 못한 삶을 비유한다.

【해설】

　이 시에서는 시장에서 꽃과 함께 술을 마시며 봄을 즐기고 있는 모습을 말하고, 인간 세상의 덧없음과 흥망성쇠의 무상함을 나타내고 있다.

매화 구경하러 화경산에 이르니 고해원이 만나려 찾아와

봄날 따스하여 산속에 구름이 무더기로 있으니

방탕한 늙은이 거룻배 타고 매화 찾으러 나갔네.

길가 노인에게 찾아와 물어볼 필요 없으니

다만 매화 많이 핀 곳 찾아서 온 것이라네.

觀梅至花徑, 高端叔解元見尋[1]

春暖山中雲作堆,[2] 放翁艇子出尋梅.

不須問訊道傍叟,[3] 但覓梅花多處來.

【해제】

68세 때인 소희紹熙 3년1192 봄 산음山陰에서 쓴 것으로, 배를 타고 매화를 찾아 나선 감회를 나타내고 있다. 총2수 중 제2수이다.

【주석】

1 花徑(화경) : 산 이름. 지금의 절강성 소흥시(紹興市) 근교에 있다.

高解元(고해원) : 호가 단숙(端叔)으로, 누구인지 분명하지 않다.

2 雲作堆(운작퇴) : 구름이 무더기를 이루다. 매화가 산 가득 피어 있는 모습을 비유한다.

3 問訊(문신) : 찾아와 묻다.

道傍叟(도방수) : 길가의 늙은이. 매화 구경하고 있는 자신을 가리킨다.

【해설】

이 시에서는 온 산에 매화가 만발한 따스한 봄날에 배를 타고 화경 산에까지 오게 되었음을 말하고, 자신을 찾아와 무슨 일로 이곳까지 오게 되었는지 묻는 고해원에게 그저 매화 많이 피어 있는 곳을 찾아 왔을 뿐이라 대답하고 있다.

생각나는 대로 쓰다 2수

송진으로 술 빚어 돌 아래에서 취하고

떡갈나무 잎으로 옷 지어 구름 밖을 다니네.

인간 세상 가리키며 길게 탄식하니

가을바람이 또 낙양성에 이르렀네.

기장 술 새로 거르고 들의 닭은 살쪘으니

초가 주막에서 취해 노래하며 지는 해를 보내네.

산사 승려가 가장 일이 없다 사람들은 말하지만

저녁 종소리에 급히 돌아가는 그가 안쓰럽기만 하네.

雜題二首

松肪釀酒石根醉,**1** 槲葉作衣雲外行.**2**

指點人間一長歎, 秋風又到洛陽城.

黍醅新壓野鷄肥,**3** 茅店酣歌送落暉.

人道山僧最無事, 憐渠猶趁暮鐘歸.**4**

【해제】

67세 때인 소희^{紹熙} 2년¹¹⁹¹ 겨울 산음^{山陰}에서 쓴 것으로, 일상에서

느끼는 단상을 노래하고 있다. 총6수 중 제1 · 4수이다.

【주석】

1 松肪(송방) : 소나무의 기름. 송진.

2 槲葉(곡엽) : 떡갈나무 잎.

3 壓(압) : 누르다. 다 익은 술을 눌러 거르는 것을 말한다.

4 渠(거) : 그, 저. 대명사. 여기서는 승려를 가리킨다.

【해설】

제1수에서는 송진으로 빚은 술을 마시며 떡갈나무 잎으로 만든 옷을 입고 자연과 더불어 살아가고 있는 모습을 말하고, 어느새 낙양성에 다시 찾아온 가을바람을 통해 인간 세상의 빠른 세월의 흐름과 이루지 못한 중원수복의 안타까움을 나타내고 있다.

제2수에서는 주막에서 새로 거른 술과 살찐 닭을 먹고 마시며 지는 해를 감상하고 있는 자신의 여유로운 모습을 말하고, 저녁 종소리에 급히 사찰로 향하고 있는 승려의 모습을 바라보며 안쓰러움을 나타내고 있다.

눈 속에서 홀연 종군하는 감흥이 일어 쓰다 2수

여우 갖옷 입고 금타가 끄는 수레에 누워있으니

술 깬 얼어붙은 콧수염에 어지러이 구슬이 맺히네.

삼 척 말채찍을 백옥으로 장식하고

눈 속에서 글자 그려 군서를 휘갈기네.

십만 용맹한 군사들이 우림군에서 나오니

하늘 가로지른 살기가 짙은 구름에 맺혔네.

상건하의 모래흙에 막 눈발 날리더니

유주에 이르기도 전에 한 길이나 깊어졌네.

雪中忽起從戎之興作二首

狐裘臥載錦駝車,¹ 酒醒冰髭結亂珠.

三尺馬鞭裝白玉, 雪中畫字草軍書.²

十萬貔貅出羽林,³ 橫空殺氣結層陰.⁴

桑乾沙土初飛雪,⁵ 未到幽州一丈深.⁶

【해제】

62세 때인 순희淳熙 13년¹¹⁸⁶ 12월 엄주嚴州에서 쓴 것으로, 눈을 바라보며 군대를 이끌고 종군하는 모습을 상상하고 있다.

『검남시고』에서는 제목에서 '작作'이 '희작戱作'으로 되어 있다. 총4
수 중 제1·3수이다.

【주석】

1 錦駝(금타) : 전설상의 새 이름. 생김새가 봉황과 비슷하며 남쪽에 산다고 한
   다. 양신(楊愼)의 『봉부(鳳賦)』에 "서에는 반작, 동에는 간가, 북에는 정갑, 남
   에는 금타가 있다(西有鴉雀, 東有諫珂, 北有定甲, 南有錦駝)"라 하였다.

2 軍書(군서) : 군중(軍中)에서 쓰는 문서. 전황의 보고나 징병, 적에 대한 성토
   나 회유 등을 담은 문서를 가리킨다.

3 貔貅(비휴) : 맹수의 이름. 용맹하고 날쌘 군사들을 비유한다.
   羽林(우림) : 군대 이름. 우림군(羽林軍) 또는 우림위(羽林衛)를 가리키며,
   황제의 근위 부대이다.

4 層陰(층음) : 밀포되어 있는 짙은 구름.

5 桑乾(상건) : 물 이름. 상건하(桑乾河)라 부르며, 산서성 삭현(朔縣) 동쪽에
   서 발원하여 하북성 경내를 지난다. 매년 뽕나무의 오디가 익을 때 강물이 마
   른다고 하여 이와 같이 불렀다.

6 幽州(유주) : 지명. 지금의 하북성 북부와 요녕성 일대 지역이다.

【해설】

제1수에서는 여우 갖옷을 입고 수레에 올라 추위를 이겨내며 종군

하고 있는 모습을 나타내고, 말채찍을 들고 눈 속에서 군서를 쓰며 군대를 지휘하고 있는 자신의 모습을 상상하고 있다.

제2수에서는 십만의 용맹한 군사들이 도성을 나와 전의를 불태우며 북벌에 임하고 있는 모습을 상상하고, 유주에 이르기도 전에 이미 한 길 눈이 덮인 상건하의 모습으로 북벌의 성공을 나타내고 있다.

장석사의 평로가 도성에서 돌아와 방문하고 이운당 시를 구하니, 인하여
세 수를 쓰다

도성의 부드러운 먼지 날려 모자에 부딪히고

황금 고삐 말 탄 사람은 보기 좋네.

그대의 가슴속을 누가 알아주리?

화 입고 참소당할까 걱정하다 살쩍 머리 먼저 늙었다네.

온 세상을 평로가 다니도록 내어주니

푸른 산과 흰 구름을 평생토록 지나왔네.

문을 나서 지팡이 끌면 이내 천 리를 가니

흰 구름도 늘 함께 가기를 약속하지 못한다네.

똑똑 문 두드리니 구름은 신발에 가득하고

마음속 이야기 다 하지 못했는데 다시 동으로 떠나가네.

산에 이르러 내게 구름 한 조각 나눠주고

아울러 봄바람 시켜 좋은 시구 불어주네.

仗錫平老自都城回, 見訪索怡雲堂詩, 因賦三首[1]

東華軟塵飛撲帽,[2] 黃金絡馬人看好.[3]

渠儂胸中誰得知,[4] 畏禍憂讒鬢先老.

舉世輸與平老行,⁵ 靑山白雲過一生.

出門曳杖便千里, 白雲不約常同行.

敲門剝啄雲滿屨,⁶ 劇談未竟還東去.⁷

到山分我一片雲, 倂遣春風吹好句.

【해제】

60세 때인 순희淳熙 11년¹¹⁸⁴ 겨울 산음山陰에서 쓴 것으로, 세속에 초탈하여 살아가고 있는 평로의 삶을 칭송하고 그에 대한 깊은 애정을 나타내고 있다.

『검남시고』에서는 제목에서 '인하여 세 수를 쓰다因賦三首'가 없이 연작시가 아닌 칠언고시 12구로 되어 있으며, 제2수 제1구의 '노행老行'이 '원형元衡'으로, 제3수 제1구의 '만구滿屨'가 '몰리沒履'로 되어 있다.

【주석】

1　仗錫(장석) : 사찰 이름. 장석선사(仗錫禪寺)로, 지금의 절강성 영파시(寧波市) 사명산(四明山)에 있다.

　　平老(평로) : 누구인지 알 수 없다.

　　怡雲堂(이운당) : 평로의 거처로 여겨지나, 분명하지 않다.

2　東華(동화) : 동화문(東華門). 도성의 동쪽 문으로, 여기서는 도성을 가리킨다.

3 絡(락) : 고삐.

4 渠儂(거농) : 그 사람. 여기서는 평로를 가리킨다.

5 輸與(수여) : 주다, 헌납하다.

6 剝啄(박탁) : 의성어. 문 두드리는 소리.

7 劇談(극담) : 마음을 터놓고 이야기하다.

【해설】

　제1수에서는 평로의 모자에 묻어 있는 옅은 도성의 먼지로 그가 도성에서 돌아와 자신을 방문하였음을 말하고, 세속과 어울리지 않은 그의 품성으로 인해 행여 세상 사람들 참소를 받아 화를 입지는 않을까 걱정했었던 자신의 심정을 나타내고 있다.

　제2수에서는 푸른 산과 흰 구름을 벗 삼아 평생토록 온 세상을 두루 다녔음을 말하고, 지팡이 하나로 천 리 길도 단숨에 이르는 그의 가벼운 발걸음을 흰 구름조차 따라갈 수 없음을 말하고 있다.

　제3수에서는 평로가 찾아와 함께 마음속의 이야기를 나누다 아쉽게 헤어졌음을 말하고, 그가 보내준 한 조각 구름과 따스한 봄바람으로 인해 마음의 평온과 시심을 얻게 되었음을 감사해하고 있다.

간곡정선육방옹시집

澗谷精選陸放翁詩集

권10

육유(陸游) 무관(務觀) 찬(撰)

나의(羅椅) 자원(子遠) 선(選)

오언율시五言律詩

즉시 쓰다

한 동이 술은 강물처럼 푸르고

봄 시름은 풀처럼 자라니,

다만 하루를 한가롭게 해

천 바탕 취하고자 하네.

버들은 여려 바람에 버들 솜 날리지 않고

꽃은 시들어 비에 향기 스며있네.

객으로 떠돌며 또한 몸은 고되기만 하니

마음의 생각도 마침내 번다하기만 하네.

卽事

尊酒如江綠, 春愁抵草長.[1]

但令閑一日, 便擬醉千場.[2]

柳弱風禁絮, 花殘雨漬香.[3]

客遊還役役,[4] 心賞竟茫茫.[5]

【해제】

36세 때인 소흥紹興 30년[1160] 여수麗水에서 쓴 것으로, 봄날에 느끼는 객수를 나타내고 있다.

『검남시고』에서는 제목이 「복주로 온 후로 시와 술을 거의 끊었다가 북으로 돌아와 비로소 조금씩 다시 마셨다. 영가와 괄창에 이르러서는 술에 취하지 않은 날이 없었고 시 또한 거듭해서 썼으니 이 일을 쓰지 않을 수 없다自來福州詩酒殆廢, 北歸始稍稍復飲. 至永嘉括蒼無日不醉, 詩亦屢作, 此事不可不記也」로 되어 있다.

【주석】

1 抵(저) : ~에 상당하다.

2 擬(의) : ~하려 하다.

3 漬(지) : 스미다, 적시다.

4 役役(역역) : 고생하며 쉬지 못하는 모양.

5 茫茫(망망) : 번다하고 많은 모양.

【해설】

이 시에서는 봄풀처럼 자라나는 시름을 한 동이 술로 달래보려 하루의 날을 내어 흠뻑 취하고 있다. 이어 버들은 아직 무성하지 않고 빗속에 꽃은 시들어 떨어지고 있는 늦봄의 경관을 묘사하며, 객지를 떠돌며 관직 생활을 하는 고달픔과 마음속 가득한 번민을 말하고 있다.

개울을 가며

부들 봉선은 봄비에 울고

왕골 돛에는 저녁 안개 걸려있는데,

고기 사러 가까운 시장을 찾고

불을 구하러 이웃 배로 가네.

시름에 누워 술에 깨었다가 또 취하고

여울을 지나며 밀려났다 다시 앞으로 가네.

뱃사공은 참으로 가련하니

힘 다해 바람 거스르며 배를 끄네.

溪行

篷蕩鳴春雨,[1] 帆蒲掛暮煙.[2]

買魚尋近市, 覓火就鄰船.

愁臥醒還醉, 灘行却復前.

長年殊可念,[3] 力盡逆風牽.

【해제】

36세 때인 소흥紹興 30년[1160] 봄 복주福州에서 임안臨安으로 부임할 때 쓴 것으로, 뱃사공의 고된 노동에 연민을 나타내고 있다. 총2수 중 제1수이다.

1 篷蒻(봉약) : 어린 부들로 지붕을 엮은 봉선(篷船).

2 帆蒲(범포) : 왕골로 엮은 돛.

3 長年(장년) : 뱃사공.

   可念(가념) : 가련하다.

【해설】

이 시에서는 봄비 내리는 저녁에 봉선을 타고 강을 거슬러 올라가고 있는 상황을 말하고, 급한 여울과 역풍을 만나 온 힘 다해 배를 끌고 있는 뱃사공의 노고에 연민과 고마움을 나타내고 있다.

탄식을 담아

가랑비에 막 서늘해진 밤

쇠잔한 등불에 어두워지려 하는 때라네.

병은 많아 시름에 술 가까이하고

마음은 약해져 시 쓰기가 겁이 나네.

옛 친구는 먼 타향이라 적고

돌아가 농사짓는 것은 만년이 어울린다네.

고개 돌려 외로운 그림자 돌아보니

이 뜻을 알아주는 이 있을는지?

寓歎

小雨初涼夜, 殘燈欲暗時.

病多愁近酒, 心弱怯題詩.

舊友殊方少,¹ 歸耕晩歲宜.²

回頭顧孤影, 此意有君知.

【해제】

55세 때인 순희淳熙 6년1179 7월 건안建安에서 쓴 것으로, 타향에서 관직 생활하는 시름을 노래하고 있다.

『검남시고』에서는 제목이 「비 오는 밤雨夜」로 되어 있으며, 제7구의

'고顧'가 '어語'로 되어 있다.

【주석】

1 殊方(수방) : 멀리 떨어져 있는 지역. 여기서는 시인이 있는 건안을 가리킨다.

2 宜(의) : 마땅하다, 어울리다.

【해설】

이 시에서는 잠깐 내린 비에 밤이 되어 이제 막 서늘한 가을이 느껴짐을 말하고, 잦은 병치레와 시름으로 인해 마음 또한 나약해져 그저 술만 가까이할 뿐 시도 쓰지 않고 있음을 말하고 있다. 이어 멀리 있는 친구들에 대한 그리움과 만년에 고향으로 돌아가 농사지으며 살고 싶은 바람을 나타내고, 등불에 비친 자신의 그림자를 돌아보며 타향에 홀로 있는 외로움을 토로하고 있다.

협주 감천사

강 위 감천사에

올라 굽어보며 온 주를 독차지하네.

산의 정자는 기쁘게도 별 탈이 없고

늙은이 다시 와 노닐게 되었네.

여울은 급해 늘 비가 내린 듯하고

수풀은 깊어 가을을 미리 빌려 오려 하네.

돌아오는 길은 더욱 맑고 빼어나

지팡이 의지하고 고깃배를 부르네.

峽州甘泉寺[1]

江上甘泉寺, 登臨擅一州.[2]

山亭喜無恙,[3] 老子得重遊.

灘急常疑雨, 林深欲借秋.[4]

歸途更淸絕, 倚杖喚漁舟.

【해제】

54세 때인 순희淳熙 5년1178 5월, 성도成都를 떠나 임안臨安으로 돌아오던 도중 이릉夷陵에서 쓴 것으로, 협주의 감천사를 다시 찾은 기쁨을 노래하고 있다.

1   峽州(협주) : 옛 주(州) 이름. 지금의 호북성 의창시(宜昌市) 일대이다.

    甘泉寺(감천사) : 사찰 이름. 지금의 호북성 양양시(襄陽市) 현산(峴山)에

    있다.

2   擅(천) : 마음대로 하다, 독점하다.

3   無恙(무양) : 근심거리가 없다. 아무 탈 없이 여전함을 말한다.

4   借秋(차추) : 가을을 빌려오다. 이른 가을빛이 느껴짐을 말한다.

【해설】

  육유는 8년 전인 건도^{乾道} 6년1170 10월에 기주^{夔州}로 부임하며 감천
사를 들른 적이 있었다. 이 시에서는 다시금 감천사를 찾아 주위의 경
관을 감상하며 변함없는 모습에 기뻐하고, 돌아오며 보는 지금의 풍광
이 예전보다 훨씬 맑고 아름다움을 말하고 있다.

홀로 서서

홀로 사립문 밖에 서 있노라니

매일 것 없는 머리 빠진 늙은이로다.

어지러운 산은 지는 해를 삼키고

들녘 호수에는 차가운 하늘 비치네.

관직이 늙음 재촉하는 것을 근심하니

이리저리 떠돌며 곤궁함을 벗어나려 하였네.

어부의 노래는 어찌 이리 한스러운지?

처량한 소리가 서풍에 가득하네.

獨立

獨立柴荊外, 頹然一禿翁.**1**

亂山呑落日, 野水倒寒空.**2**

憂患工催老,**3** 飄零敢諱窮.**4**

漁歌亦何恨, 悽斷滿西風.**5**

【해제】

59세 때인 순희淳熙 10년1183 11월 산음山陰에서 쓴 것으로, 관직 생활에 대한 회한을 나타내고 있다.

1   頹然(퇴연) : 늙고 쇠락한 모양.

    禿翁(독옹) : 힘 빠진 늙은이. 늙어 관직의 위세가 없는 사람을 폄하는 말로,

    자신을 자조적으로 말한 것이다.

2   倒(도) : 거꾸로 있다. 하늘이 호수에 비치는 것을 말한다.

3   工(공) : 관직(官職).

4   飄零(표령) : 이리저리 떠도는 모양.

    諱窮(휘궁) : 곤궁함을 피하다.

5   悽斷(처단) : 혼이 끊어지게 하는 처량함. 처량함이 극에 달한 것을 의미한다.

【해설】

이 시에서는 홀로 사립문에 기대어 쓸쓸한 겨울 저녁의 풍광을 감상

하고 있다. 이어 이룬 것 없이 떠돌다 세월만 보낸 지난 관직 생활을

탄식하며 어부의 처량한 노랫소리에 자신의 회한을 기탁하고 있다.

병 중에

비바람에 강과 하늘은 어둑하고

그윽한 창에서 일어났다 다시 잠드니,

곤궁함을 견디며 만년의 지경에 편안해하건만

남은 병이 재앙의 해를 압도하네.

객은 거문고 수리 비용을 도와주고

스님은 약 살 돈을 나눠주네.

남은 생이야 모두 잠시 머물렀다 가는 것이거늘,

아직 죽지는 않아 또한 기쁘기만 하다네.

病中

風雨暗江天, 幽窗起復眠.

忍窮安晚境, 留病壓災年.[1]

客助修琴料, 僧分買藥錢.

餘生均逆旅,[2] 未死且陶然.[3]

【해제】

60세 때인 순희淳熙 11년1184 봄 산음山陰에서 쓴 것으로, 병중의 감
회를 나타내고 있다.

【주석】

1 災年(재년) : 재앙이 가득한 해.

2 逆旅(역려) : 여관. 잠시 머물렀다 가는 곳을 의미한다.

3 陶然(도연) : 기쁘고 즐거운 모양.

【해설】

이 시에서는 그윽한 창에서 일어났다 다시 잠드는 모습을 통해 병석에 누워있는 자신을 나타내고, 재앙의 한 해인지 올해 들어 병이 끊이지 않음을 말하고 있다. 이어 이러한 자신을 연민하여 거문고 수리 비용과 약값을 도와주는 이웃들에게 고마움을 나타내고, 잠시 머물렀다 가는 인생에 병도 끊이지 않지만 그래도 아직 죽지 않고 살아 있는 것에 기뻐하고 있다.

한 칸 방

구만 리 날아오르는 붕새를 비웃으며

은거하노라니 한 칸 방이 넓기만 하네.

빗소리에 아침잠에 빠지고

술기운은 봄 추위를 압도하네.

게을리 있으며 한가함도 운치가 있음을 깨닫고

노쇠하니 죽음에도 단서가 있음을 안다네.

이생 내 스스로 끊으면

한단을 꿈꿀 필요도 없으련만.

一室

九萬笑鵬摶,**1** 幽居一室寬.

雨聲便早睡, 酒力壓春寒.

嬾覺閑多味, 衰知死有緣.**2**

此生吾自斷, 不必夢邯鄲.**3**

【해제】

60세 때인 순희淳熙 11년1184 가을 산음山陰에서 쓴 것으로, 삶에 대
한 관조적인 심정을 나타내고 있다.

『검남시고』에서는 제4구의 '춘春'이 '신新'으로, 제6구의 '록綠'이 '단

端'으로 되어 있다. 시가 쓰인 계절이나 운자로 보아『검남시고』의 기록이 옳은 듯하다.

【주석】

1　笑鵬搏(소붕단) : 날아오르는 봉새를 비웃다. 『장자(莊子)·소요유(逍遙遊)』에서 회오리바람을 타고 구만 리 창공으로 날아오르는 봉새를 보고 매미와 메까치가 이를 비웃으며 "나는 힘써 날아올라 느릅나무나 박달나무에까지 가려 해도 때로 이르지 못하고 땅에 떨어지는데, 어째서 구만 리나 올라 남으로 가려 하는가?(我決起而飛, 搶楡枋而止, 時則不至而控於地而已矣, 奚以之九萬里而南爲)"라 한 뜻을 차용한 것이다. '단(搏)'은 선회하며 날아오른다는 뜻이다.

2　有綠(유록) : 초록이 있다. 뜻이 통하지 않아 여기서는 『검남시고』에 따라 '단서가 있다'고 풀었다.

3　邯鄲(한단) : 지명. 전국시대 조(趙)나라의 도성으로, 지금의 하북성 한단시(邯鄲市)이다.

【해설】

이 시에서는 한 칸 방에 은거하며 스스로 만족해하고 있는 자신을 봉새를 비웃은 매미와 메까치 같은 하찮은 존재에 비유하며, 남은 술기운에 빗소리 들으며 아침잠에 빠지고 있는 한가로운 일상을 나타내고 있다. 이어 일없이 한가로이 지내는 것도 나름대로 운치가 있고 죽

음에도 먼저 조짐이 있음을 말하며, 자신이 죽게 되면 더는 꿈속에서
한단을 찾아가는 일이 없을 것이라는 말로 이루지 못한 북벌의 아쉬움
을 나타내고 있다.

늦봄에 오래도록 비가 내려

늙어 시골 오두막에 누우니

남은 추위가 병든 봄을 기만하네.

닭은 여전히 아침을 잊지 않았고

비는 봄을 용납하려 하지 않네.

홀연히 꽃피는 시절이 지나고

아득히 풀색이 펼쳐지네.

여린 순채가 이미 시장에 나오니

한 번 먹으며 가난에 아파하지 않는다네.

春晚苦雨[1]

垂老臥村墅,[2] 餘寒欺病身.

鷄猶未忘旦, 雨欲不容春.

忽忽花時過,[3] 茫茫草色勻.[4]

蓴絲已上市,[5] 一飯未傷貧.

【해제】

75세 때인 경원慶元 5년1199 봄 산음山陰에서 쓴 것으로, 만년의 빈한한 삶이 나타나 있다.

【주석】

1 苦雨(고우) : 오랫동안 내리는 비. 숙우(宿雨).

2 村墅(촌서) : 시골 농막.

3 忽忽(홀홀) : 빠른 모양, 홀연한 모양.

4 勻(균) : 두루 펼쳐지다.

5 蓴絲(순사) : 순채의 어린싹. 국으로 끓어 먹는다.

【해설】

　이 시에서는 봄날 오래도록 내리는 비에 추위가 느껴짐을 말하고, 이를 따스한 봄을 용납하지 않으려는 비의 심술로 여기고 있다. 이어 꽃이 진 후 사방이 풀색으로 가득한 경관을 묘사하며, 순채국으로 끼니를 잇는 빈한한 삶에도 마음 아파하지 않음을 말하고 있다.

방문한 객이 있어 이미 떠난 후에 탄식하며 쓰다

머리카락은 모두가 다 하얗게 되고

일은 가을 터럭만큼도 보완하지 않네.

죽을 날이 이제 얼마 남지 않았는데

돌아와 농사짓는 것이 어찌 족히 고상한 일이리?

이미 도잠처럼 술 끊었건만

헛되이 굴원에게 술지게미 먹으라 권하는구나.

오직 큰 바다로 가

돛 올려 눈 같은 파도를 구경하리.

客有見過者, 旣去喟然有作[1]

髮毛俱白盡, 事不補秋毫.[2]

去死今無幾, 歸耕何足高.

已如陶止酒,[3] 徒勸屈餔糟.[4]

惟有滄溟去,[5] 揚帆觀雪濤.

【해제】

75세 때인 경원慶元 5년1199 가을 산음山陰에서 쓴 것으로, 찾아온 객을 떠나보내고 그가 했던 말을 떠올리며 자신의 뜻을 나타내고 있다.

『검남시고』에서는 제1구의 '발髮'이 '빈鬂'으로 되어 있다. 총2수 중 제1수이다.

【주석】

1 　見過(견과) : 내방하다, 방문하다. 상대에 대한 겸손의 말이다.

　　喟然(위연) : 탄식하는 모양.

2 　不補(불보) : 보완하지 않다. 그다지 커다란 의미나 가치를 두지 않는 것을 의미한다.

　　秋毫(추호) : 새나 짐승들이 가을이 되어 새로 자란 가느다란 털. 작고 미세한 것을 비유한다.

3 　止酒(지주) : 술을 끊다. 도잠(陶潛)에게 「술을 끊다(止酒)」라는 시가 있는 것을 차용한 것이다.

4 　餔糟(포조) : 술지게미를 배불리 먹다. 굴원(屈原)의 「어부사(漁父辭)」에서 어부가 굴원에게 세상 사람들이 모두 취해 있으면 굴원 또한 맑은 술도 마시고 술지게미를 배불리 먹으라 권했던 뜻을 차용한 것이다.

5 　滄溟(창명) : 큰 바다.

【해설】

　이 시에서는 백발이 다 되어 이제는 일에도 그다지 성의가 없음을 말하고, 그의 귀경을 칭송했던 객의 말을 떠올리며 죽을 날이 얼마 남지 않아 귀경하는 것이 족히 고상한 일은 아님을 말하고 있다. 이어 이미 술을 끊은 자신에게 객이 자꾸 술을 권했던 일을 떠올리며, 큰 바다로 배를 타고 나아가 새하얀 파도를 구경하는 것이 지금 자신이 가장 원하는 것임을 말하고 있다.

관직에서 물러난 후 감회를 적다

생계가 비록 매우 빈궁하나

가슴속은 자못 드넓기만 하다네.

글자 묻는 답례주를 늘 사양하고

비문 써주는 사례금을 거듭 물리치네.

어찌 피죽을 견딜 말이 있을 것이며

오히려 걸어 놓을 수레도 없다네.

잠시 매화 비 걷히기를 기다려

산발한 채 강과 하늘 사이에서 취한다네.

致仕後述懷

生理雖貧甚,**1** 胸中頗浩然.

常辭問字酒,**2** 屢却作碑錢.**3**

寧有駹堪饘, 尚無車可懸.

小須梅雨霽,**4** 散髮醉江天.

【해제】

75세 때인 경원慶元 5년1199 여름 산음山陰에서 쓴 것으로, 관직에서 물러난 후 궁핍함을 이겨내며 살아가고 있는 모습이 나타나 있다. 총6수 중 제3수이다.

1 生理(생리) : 양생(養生)의 이치. 생계를 이어가는 것을 말한다.

2 問字酒(문자주) : 글자를 물어보고 답례로 사는 술.

3 作碑錢(작비전) : 비문을 써주고 받는 돈.

4 小須(소수) : 잠시 기다리다.

梅雨(매우) : 입하(立夏)를 전후로 한 4월에 내리는 비.

【해설】

이 시에서는 삶이 비록 빈궁하여도 자신의 기개만큼은 광대하니 지식이나 글을 팔아 생계를 유지할 생각이 없음을 말하고 있다. 이어 말도 수레도 필요 없는 자신의 처지를 말하며, 강과 하늘을 벗 삼아 자유로이 마음껏 취하는 것으로 마음의 위안을 얻고 있다.

외로운 마을

늙어 외로운 마을에 기탁하여

편안히 팔뚝 베고 눕네.

가난함을 헤아려 먼저 학에게 모이를 주고

떠들썩함을 싫어하여 또한 승려와도 소원하다네.

옛 수루엔 깊은 가을의 피리 소리

차가운 창엔 한밤중의 등불.

평생 정당하지 않게 얻는 것을 부끄러워하였으니

많이 얻는 것에 내 어찌 능하리?

孤村

老寄孤村裏, 悠然臥曲肱.

算貧先放鶴,**1** 嫌鬧併疏僧.**2**

古戍高秋笛,**3** 寒窓半夜燈.

平生羞詭遇,**4** 多獲豈吾能.

【해제】

75세 때인 경원慶元 5년1199 가을 산음山陰에서 쓴 것으로, 안빈낙도의 삶을 말하고 있다.

【주석】

1 放鶴(방학) : 학에게 모이를 주다.

2 倂(병) : 또한, 아울러. '병(幷)'과 같다.

3 高秋(고추) : 깊은 가을.

4 詭遇(궤우) : 정당하지 않은 방법으로 이익을 취하다.

【해설】

이 시에서는 늙어 고향으로 돌아와 안빈낙도하며 사는 모습을 나타내고, 비록 빈한한 생활이지만 학의 모이를 먼저 챙기고 떠들썩함이 싫어 승려와도 소원하게 지내고 있음을 말하고 있다. 이어 수루의 피리 소리 들려오고 차가운 창에 밤늦도록 등불이 켜져 있는 가을밤의 고즈넉한 풍광을 묘사하고, 정당하지 않게 이익을 얻는 것을 부끄러워했던 자신이기에 지금의 가난함은 어쩌면 당연한 것이라 말하고 있다.

산을 노닐며

병이 물러나도 걷기는 아직 힘들어

산언덕에서 매번 잠시 쉰다네.

높은 가지에서 까치 말하는 소리 듣고

얕은 여울에서 물고기 노니는 것을 보네.

흥을 탈 수 있는 건 우연히라도 있건만

시름을 녹일 수 있는 건 본디 없다네.

한가로이 또 하루가 저무는데

길 다투어 돌아오는 소들이 있네.

遊山

病退行猶倦,[1] 山坡每少休.

高枝聞鵲語, 淺瀨見魚遊.

偶有堪乘興, 元無可遣愁.[2]

悠然又終日,[3] 爭路有歸牛.

【해제】

79세 때인 가태嘉泰 3년1203 가을 산음山陰에서 쓴 것으로, 병석에서 일어나 산길을 거니는 감회가 나타나 있다. 총4수 중 제3수이다.

【주석】

1   倦(권) : 피곤하다, 힘들다.

2   遣愁(견수) : 시름을 보내다. 시름을 녹여 없애는 것을 말한다.

3   悠然(유연) : 한가롭고 편안한 모양.

【해설】

이 시에서는 병이 나아 산행을 나섰지만 걷기에는 아직 무리가 있어 자주 산언덕에 앉아 쉬고 있음을 말하며, 숲과 개울의 까치 소리와 물고기 노니는 모습을 즐기고 있다. 이어 흥겨움은 우연히라도 찾아오지만 시름은 어찌해도 없앨 방도가 없음을 안타까워하고, 한가롭고 평온하게 또 하루가 지나가는 것을 느끼며 저물녘 길을 다투며 돌아오는 소들의 모습을 바라보고 있다.

봄날

수레와 말은 한가로운 중에 끊기고

옷과 저고리는 병치레 후에 커졌으니,

시를 고치며 긴 낮을 보내고

술 외상 사 차가운 봄을 대적하네.

버들은 가늘어 초록이 문지르기도 어려울 듯하고

꽃은 새로이 피어나 끝없이 세상을 물들이네.

돌아가는 기러기와 돌아오는 제비가

각자 슬픔과 기쁨을 관장하네.

春日

車馬閑中絶, 衣襦病後寬.[1]

改詩消晝永, 賖酒敵春寒.[2]

柳細搓難似,[3] 花新染未乾.[4]

歸鴻與來燕, 各自管悲歡.[5]

【해제】

80세 때인 가태嘉泰 4년1204 봄 산음山陰에서 쓴 것으로, 슬픔과 기쁨이 교차하는 봄날의 감회를 나타내고 있다.

【주석】

1 衣襦(의유) : 옷과 저고리.

   寬(관) : 넓다, 여유로워지다. 여기서는 병을 앓고 난 후에 몸이 수척해진 것을 가리킨다.

2 賒酒(사주) : 술을 외상으로 사다.

3 搓(차) : 비비다, 문지르다. 여기서는 초록빛이 버들가지를 문지르는 것을 의미한다. 당(唐) 한악(韓偓)의 「대경당에서 태감에게 연회를 내리니 오월왕에게 드리는 시가 있어(大慶堂賜宴元璫而有詩呈吳越王)」 시에서 "초록이 양류를 문지르니 솜이 막 부드러워지고, 붉은빛이 앵도를 어지럽히니 가루가 마르지 않네(綠搓楊柳縣初軟, 紅暈櫻桃粉末乾)"라고 한 뜻을 차용한 것이다.

4 染末乾(염미건) : 물들임이 마르지 않다. 여기서는 꽃이 끊임없이 새로 피어나 세상을 아름답게 물들이는 것을 의미한다.

5 管悲歡(관비환) : 슬픔과 기쁨을 관장하다. 기러기와 제비가 각기 사람에게 슬픔과 즐거움을 주고 있음을 말한다.

【해설】

이 시에서는 수레와 말이 다니는 것도 끊긴 한가로운 봄날에 병석에서 일어나 시를 쓰고 술을 마시며 소일하는 일상을 말하고 있다. 이어 아직 초록 물이 오르지 않은 가는 버들가지와 온 세상을 물들이며 끊임없이 피어나는 꽃으로 봄의 경관을 생동감 있게 묘사하고, 기러기와 제비가 교차하며 오고 가는 시기에 슬픔과 기쁨이 함께 공존하고 있음을 말하고 있다.

취하여 쓰다

서리 물든 단풍은 초가집을 비추고

이슬 젖은 국화는 비단 두건에 꽂혀 있네.

고금의 무궁한 일이여,

강호의 아직 죽지 않은 몸이라네.

다만 고생하며 힘들게 사는 것이

끝내 아부하며 사는 것보단 낫다네.

나 또한 별것 없는 떨거지 사람이니

그대 응당 취한 사람을 용서해주시리.

醉賦

霜楓照茅屋, 露菊揷紗巾.

今古無窮事, 江湖未死身.[1]

直令依馬磨,[2] 終勝拜車塵.[3]

我亦輕餘子,[4] 君當恕醉人.

【해제】

75세 때인 경원慶元 5년1199 가을 산음山陰에서 쓴 것으로, 고금의 일을 생각하며 스스로에 대한 자조적인 심정을 나타내고 있다.

1 未死身(미사신) : 아직 죽지 않은 몸. 자신을 가리킨다.

2 依馬磨(의마마) : 말로 숫돌을 끄는 것에 의지하다. 힘들게 일하며 살아가는 것을 의미한다. 삼국시대 촉(蜀)의 허소(許劭)가 사촌 형인 허정(許靖)과 사이가 좋지 않아 허정이 등용되는 것을 막아, 허정이 말로 숫돌을 끌어가며 힘들게 생활하였던 것에서 유래하였다.

3 拜車塵(배거진) : 수레 먼지에 절하다. 진대(晉代) 반악(潘岳)과 석숭(石崇)이 가밀(賈謐)을 아첨하여 섬겨, 그가 출타할 때마다 그의 수레 먼지를 바라보고 절을 하였던 것에서 유래한 말로, 권력자에게 아부하며 섬기는 것을 의미한다.

4 輕餘子(경여자) : 가벼운 나머지 사람. 그다지 중요하지 않은 사람을 가리킨다.

【해설】

이 시에서는 술에 취해 고금의 무궁한 일들을 떠올리며 강호에서 아직 죽지 않고 살아 있는 자신과 대비하고 있다. 이어 고금의 일들을 돌이켜보면 아부하며 부귀하게 사는 것보다는 지조를 지키며 힘들게 사는 것이 결국은 더 나은 삶이었음을 말하고, 스스로를 보잘것없는 사람이라 자조하며 그저 취한 이의 넋두리로 이해해 줄 것을 바라고 있다.

작은 뜰

매임 없이 세상일 버리고

가꾸어 작은 뜰을 얻었네.

흙은 부드러워 꽃의 자태는 생기 있고

숲은 따스해 새 울음소리 번다하네.

숙성한 유즙을 아침 그릇에 담고

절인 미나리를 저녁 술동이에 올리네.

남은 생을 그대 묻지 마시게,

외로운 마을에서 노년을 보내려네.

小園

蕭散遺塵事,[1] 栽培得小園.

土鬆花意活, 林暖鳥言繁.

殽酪供晨鉢,[2] 菹芹薦晚樽.[3]

餘年君莫問, 送老向孤村.

【해제】

81세 때인 개희開禧 원년1205 봄 산음山陰에서 쓴 것으로, 작은 뜰을 가꾸는 기쁨을 노래하고 있다.

1 蕭散(소산) : 매임이 없이 소탈한 모양.

2 飱酪(손락) : 숙성시킨 진한 유즙(乳汁).

3 菹芹(저근) : 식초 등에 절인 미나리.

【해설】

이 시에서는 세상사 다른 일은 모두 상관하지 않고 손수 작은 뜰을 가꾸었음을 말하고, 아름다운 꽃이 피고 많은 새가 지저귀는 모습으로 뜰이 비옥하고 초목으로 무성함을 나타내고 있다. 이어 숙성한 유즙과 절인 미나리로 끼니를 잇는 소박한 생활을 말하고, 노년을 한적한 시골에서 보내며 생을 마치고 싶은 바람을 나타내고 있다.

배에서 쓰다

모랫길은 때로 맑았다가 비 오고

고깃배는 매일 같이 오고 가니,

마을마다 모두 그림의 바탕이요

곳곳에 시의 재료가 있네.

기장밥 짓는 외로운 연기에 날은 저물고

소 부르는 한 줄기 피리 소리 애처롭구나.

종신토록 보아도 질리지 않으니

두건 올려 쓴 흥은 한가롭기만 하네.

舟中作

沙路時晴雨, 漁舟日往來.

村村皆畫本,**1** 處處有詩材.

炊黍孤煙晚, 呼牛一笛哀.

終身看不厭, 岸幘興悠哉.**2**

【해제】

75세 때인 경원慶元 5년1199 가을 산음山陰에서 쓴 것으로, 배에서 바라본 강가 마을의 한적한 경관을 노래하고 있다.

1 畫本(화본) : 그림의 바탕. 그림의 배경이나 소재를 가리킨다.

2 岸幘(안책) : 두건을 올려 써 앞이마가 드러나 보이게 하다. 구속됨이 없는 자
   유로운 모습을 의미한다.

   悠(유) : 한가로운 모양.

【해설】

이 시에서는 맑았다가 이내 비가 내리는 날씨에 고깃배가 오가고 있
는 한 폭의 그림 같은 강가 마을의 정경을 묘사하고 있다. 이어 밥 짓
는 연기가 피어오르고 소를 부르는 피리 소리가 들려오는 저녁의 경관
을 묘사하며, 편안한 차림으로 한가로운 흥취를 즐기고 있다.

세모에 감회를 쓰다

남은 해는 당당하게 가고

새봄은 느긋하게 오네.

꿈은 고향 가까이로 옮겨주고

술은 굳센 마음을 되돌려 끌어주네.

따뜻한 계절이 막 버들을 재촉하고

청명한 빛은 또한 매화 봉우리를 올리네

동호로 돌아갈 날이 있으니

노쇠한 회포를 자주 펼쳐 본다네.

歲晚書懷

殘歲堂堂去,¹ 新春鼎鼎來.²

夢移鄉國近, 酒挽壯心回.

暖律初催柳,³ 晴光併上梅.⁴

東湖有歸日,⁵ 衰抱得頻開.

【해제】

49세 때인 건도乾道 9년1173 11월 가주嘉州에서 쓴 것으로, 다가올 봄을 기다리며 고향에 대한 그리움을 나타내고 있다.

『검남시고』에서는 시 원문 다음에 "이미 새로운 태수를 맞이할 사람을 보냈다[已遣人迎新守]"라는 자주[自注]가 있다.

1 堂堂(당당) : 기세가 성대하고 웅장한 모양.

2 鼎鼎(정정) : 느리고 완만한 모양.

3 暖律(난률) : 따뜻한 계절 또는 월. 고대 전설에 따르면 황제(黃帝)가 해곡(嶰
谷)의 대나무를 얻어 영륜(伶倫)에게 주어 이를 피리로 만들어 12개월에 맞추
어 12율(律)을 만들게 하였다. 이에 후세 사람들은 1년의 각 달을 12율에 맞추
어 11월을 '황종(黃鍾)', 12월을 '대려(大呂)', 1월을 '태주(太簇)', 2월을 '협종
(夾鐘)' 등과 같이 칭하였다.

4 上梅(상매) : 매화를 올리다. 매화의 봉우리를 키우는 것을 의미한다.

5 東湖(동호) : 촉주(蜀州)에 있는 호수 이름.

有歸日(유귀일) : 돌아갈 날이 있다. 돌아갈 날이 이미 정해져 있는 것을 말한다.

【해설】

이 시에서는 한 해가 얼마 남지 않았으나 겨울의 기세는 여전히 왕
성하고 봄이 오는 것은 더딤을 말하며 고향에 대한 그리움과 새해의
결의를 나타내고 있다. 이어 버들가지와 매화 봉우리에서 느껴지는 미
세한 봄의 기운을 묘사하고, 이제 곧 이곳 가주를 떠나 촉주로 가게 되
었음을 말하며 머지않아 고향으로 돌아가게 될 것이라 기대하고 있다.

들녘의 흥

모두 취할 수 있는 술이 있고

오두막집 지을 수 없는 산은 없다네.

「수초부」는 최근의 부賦가 되었는데

「고분」 편이 이전의 서적임을 한스러워하네.

상수의 절에 경서를 나눠주고

여산에 약초 캐는 호미를 기탁하네.

강가에 서리 물든 잎 가득하니

시흥을 나귀 타고 오는 것에 맡긴다네.

野興

有酒皆堪醉, 無山不可廬.

遂初成近賦,[1] 孤憤悔前書.[2]

湘寺分經帙,[3] 廬山寄藥鋤.[4]

江頭霜葉滿, 詩興屬騎驢.[5]

【해제】

77세 때인 가태嘉泰 원년1201 가을 산음山陰에서 쓴 것으로, 들을 거닐 며 한가로운 은거 생활의 즐거움을 나타내고 있다.

『검남시고』에서는 제목이 「놀이 삼아 들녘의 흥을 쓰다戲作野興」로 되어 있으며, 총6수 중 제6수이다.

【주석】

1   遂初(수초) :「수초부(遂初賦)」. 동진(東晉) 손작(孫綽)이 지은 것으로, 은
거 생활의 지향을 담고 있다.

成近賦(성근부) : 최근의 부(賦)가 되다. 옛날 손작의 부가 아니라 현재 자신
의 부가 되었다는 뜻으로, 자신이 은거 생활을 하고 있음을 의미한다.

2   孤憤(고분) :『한비자(韓非子)』의 편명(篇名).

悔前書(회전서) : 이전의 책인 것을 한스러워하다. 홀로 분노하는「고분」의 내
용이 한비자 때뿐만 아니라 지금도 여전한 현재의 책이기도 함을 말한 것이다.

3   湘寺(상사) : 상수(湘水)에 있는 절.

4   廬山(여산) : 산 이름. 지금의 강서성 구강시(九江市)에 있으며, 풍광이 빼어
나 이백(李白)과 소식(蘇軾) 등 역대 많은 시인이 시의 소재로 삼았다.

5   騎驢(기려) : 나귀를 타다. 눈보라 치는 파교(灞橋)에서 나귀를 타며 시흥을
느꼈던 당대(唐代) 정계(鄭綮)의 고사를 차용한 것이다. 앞의 권9「파동에서
가랑비를 만나(巴東遇小雨)」주석 2 참조.

【해설】

이 시에서는 취할 수 있는 술이 있고 집을 지을 수 없는 험한 산도
없는 시골 마을에 은거하게 되었음을 말하고, 자신을 홀로 분노하게
하는 조정의 상황이 지금도 여전함을 한스러워하고 있다. 이어 상수의

절과 여산을 찾아가 경서를 나누고 호미질을 하는 모습으로 관직에서 벗어나 은거 생활을 하고 있는 자신을 나타내고, 나귀 타고 돌아오는 길에 아름다운 가을 풍광을 바라보며 솟아나는 시흥을 느끼고 있다.

비 온 후 매우 서늘하여

바다와 나란한 넓고 한가로운 들녘

맑은 가을날 흔들거리며 잎 떨어지는 하늘이라네.

약간의 서늘함이 단잠을 제공하고

평온한 글자가 새로 짓는 시에 들어가는데,

누추한 집에 후두둑 비는 내리고

수리한 대통에선 졸졸 샘물 소리 들리네.

저녁 창에서 주흥 생겨나니

잔 씻어 한 번 즐겁게 취해 보네.

雨後涼甚

竝海寬閑野, 淸秋搖落天.**1**

微涼供美睡, 穩字入新聯.

陋屋蕭蕭雨,**2** 修筒細細泉.**3**

晚窗生酒興, 洗酌一陶然.**4**

【해제】

80세 때인 가태嘉泰 4년1204 가을 산음山陰에서 쓴 것으로, 비 온 후 한가로운 가을의 정취를 노래하고 있다.

【주석】

1 搖落(요락) : 초목의 잎이 흔들려 떨어지다.

2 蕭蕭(소소) : 비가 내리는 소리.

3 修筒(수통) : 수리한 대통. 반을 가른 대나무를 이어 물이 흐르도록 한 것을 말한다.

   細細(세세) : 물이 가늘게 흐르는 소리.

4 陶然(도연) : 취하여 즐거운 모양.

【해설】

이 시에서는 맑은 가을 하늘 아래 나뭇잎이 떨어지며 드넓게 펼쳐진 들녘을 묘사하고, 한결 서늘해진 날씨에 단잠을 즐기며 평온한 시를 쓰고 있는 한가로운 일상을 나타내고 있다. 이어 집 안팎의 비가 내리는 풍경을 묘사하며 저녁 창가에서 즐겁게 술에 취하고 있다.

달밤에 강독지에서 시원함을 쐬며

오솔길은 황량한 성 구비에 있고

수풀 속 사당은 들녘 물가에 있네.

달은 나를 좇아 취할 수 있고

바람은 사람을 태워 신선 되게 하려 하네.

고요히 반딧불 붙은 풀을 헤아리다

멀리 가시연 캐는 뱃노래 소리 듣네.

권세 높은 관리에게 어찌 이러한 것이 있으리?

억지로 머물러 있어도 하늘을 탓하지 않는다네.

月夜江瀆池納涼[1]

微逕荒城曲,[2] 叢祠野水邊.[3]

月能從我醉, 風欲駕人仙.

靜數黏螢草, 遙聞采芡船.

熱官那有此,[4] 留滯莫尤天.[5]

【해제】

53세 때인 순희淳熙 4년1177 7월 성도成都에서 쓴 것으로, 여름밤에 강독지를 유람한 감회를 나타내고 있다.

『검남시고』에서는 제5구의 '수數'가 '간看'으로 되어 있다.

【주석】

1 江瀆池(강독지) : 못 이름. 성도 서남쪽에 있으며, 기슭에 강독묘(江瀆廟)가 있다.

2 微逕(미경) : 작은 길, 오솔길.

3 叢祠(총사) : 풀숲 속에 자리한 사당. 강독묘를 가리킨다.

4 熱官(열관) : 권세가 높은 관리.

5 留滯(유체) : 강제로 머물러 있다.

尤(우) : 탓하다, 책망하다.

【해설】

이 시에서는 옛 성곽과 수풀 속 사당이 있는 강독지의 주변 경관을 묘사하고, 술과 함께 달과 바람을 즐기며 여름밤의 더위를 식히고 있다. 이어 반딧불이 날고 연 캐는 뱃노래 소리가 들려오는 아름답고 평온한 정경을 묘사하며, 이러한 풍경을 조정에 있었으면 볼 수 없었기에 비록 이곳에 머물러 있는 것이 스스로 원한 것은 아니었지만 하늘을 원망하지는 않음을 말하고 있다.

장정의 길에서

저녁에 장정역을 지나니

시내와 산이 듣던 대로 빼어나네.

늙은이야 다만 앉아 읊조리기만 할 뿐

조물주께서 나를 위해 시를 펼쳐 주셨네.

새는 수풀을 뚫고 말소리를 보내오고

소나무는 개울물을 스치며 가지를 드리웠네.

안장에 기대어 오래도록 떠나기를 잊으니

말 걸음이 느려서가 아니라네.

長汀道中

晚過長汀驛,[1] 溪山乃爾奇.[2]

老夫惟坐嘯, 造物爲陳詩.[3]

鳥送穿林語, 松垂拂澗枝.[4]

憑鞍久忘發, 不是馬行遲.

【해제】

55세 때인 순희淳熙 6년1179 9월 건안建安을 나와 임안臨安으로 가던 도중 장정長汀에서 쓴 것으로, 장정 주변의 아름다운 경관을 노래하고 있다.

1 長汀驛(장정역) : 지명. 지금의 복건성 장정현(長汀縣)이다.

2 乃爾(내이) : 말한 바와 같이, 듣던 대로.

3 造物(조물) : 조물주.

4 拂澗(불간) : 개울물을 스치다.

【해설】

이 시에서는 장정의 산수가 사람들이 칭송하는 것처럼 빼어남을 말하며 자신도 모르게 절로 시를 읊게 됨을 말하고 있다. 이어 수풀 사이 새가 날고 개울가에 소나무가 자라고 있는 아름다운 경관을 묘사하며, 장정의 경관에 취해 길을 떠나는 것조차 잊었음을 말하고 있다.

병 중에 쓰다

한 번 병 나면 스무날이니

다만 절로 나아지기 어려움이 시름겹네.

남은 책은 읽지도 못하고

긴 낮은 그저 한가롭기만 하네.

바람은 춤추며 서리 맞은 잎을 맞이하고

구름은 어둑하여 산에 비 내리려 하네.

창에 임해 홀연 자조하니

시심도 닫혀 버렸구나.

病中作

一病二十日, 直愁難自還.[1]

殘書不成讀, 長晝只供閑.

風舞迎霜葉, 雲昏欲雨山.

臨窗忽自笑,[2] 詩思又相關.[3]

【해제】

61세 때인 순희淳熙 12년1185 가을 산음山陰에서 쓴 것으로, 잦은 병치레의 시름을 나타내고 있다.

『검남시고』에서는 제4구의 '주晝'가 '야夜'로 되어 있다.

1 直(직) : 다만, 단지.

2 自笑(자소) : 스스로를 비웃다, 자조(自嘲)하다.

3 詩思(시사) : 시를 쓰고자 하는 생각. 시심(詩心).

【해설】

이 시에서는 한 번 병이 나면 스무날이 넘게 앓아 쉽게 낫지도 않는 자신의 상태에 시름겨워하며, 책도 읽지 못하고 무료하게 지내는 일상을 말하고 있다. 이어 서리 맞은 잎이 바람에 날리고 어두운 구름에 비가 막 내리려 하는 풍경을 통해 자신의 쓸쓸하고 울적한 심정을 나타내고, 피폐해진 정신으로 인해 시를 쓰고 싶은 생각조차 들지 않은 자신을 자조하고 있다.

비를 맞으며 의현대에 올라 강물 불어나는 것을 보고

빗기운은 천 봉우리에 어둑하고

강물 소리는 수만 집들을 뒤흔드네.

구름은 뒤집혀 온 하늘이 새까맣고

물결은 차올라 공중의 꽃이 되며,

출렁이고 솟구쳐 빈 누각을 덮치고

오르락내리락하며 부서진 뗏목을 띄우네.

옛날 장대한 뜻 품고 멀리 갔던 때를 생각하니

술에 취한 채 삼파를 내려갔었네.

冒雨登擬峴臺觀江漲¹

雨氣昏千嶂, 江聲撼萬家.²

雲翻一天墨, 浪蹴半空花.

噴薄侵虛閣,³ 低昂泛斷槎.

壯遊思夙昔,⁴ 乘醉下三巴.⁵

【해제】

56세 때인 순희淳熙 7년1179 정월 무주撫州에서 쓴 것으로, 비에 불어난 강물을 구경하며 옛날 종군하던 때를 떠올리고 있다.

1 擬峴臺(의현대) : 누대 이름. 무주 성내 동쪽에 있으며, 무주는 지금의 강서성 임천현(臨川縣)이다.

2 撼(감) : 흔들다, 요동시키다.

3 噴薄(분박) : 물이 격하게 출렁이고 솟구치다.

4 壯遊(장유) : 장대한 뜻을 품고 멀리 떠나다. 남정에서 종군했던 일을 가리킨다.

5 三巴(삼파) : 파군(巴郡), 파서군(巴西郡), 파동군(巴東郡). 지금의 사천성 가릉강(嘉陵江) 유역이다.

【해설】

이 시에서는 먼저 온 산이 비로 덮이고 강물 소리가 천지를 뒤흔들고 있는 상황을 말하고 있다. 이어 하늘과 수면, 강가와 수중으로 시선을 옮겨가며 불어난 강물이 때론 솟구치고 때론 넘치면서 도도히 흘러가고 있는 모습을 실감 나게 묘사하고 있다. 마지막 2구에서는 호탕한 강물의 모습을 보며 장대한 포부를 지니고 남정에 종군했었던 지난날을 떠올리고 있다.

봄비

봄 시름을 피할 곳이 없으니

봄비는 언제쯤 갤는지?

어둑어둑 흐린 날이 한 달째 이어지고

똑똑 떨어지는 물방울 소리가 날이 밝도록 들려오네.

창은 어두워 책 읽는 일은 줄어들고

현은 느슨해져 거문고 소리는 목이 메네.

무엇으로 적막하고 고독한 삶을 즐겁게 하리?

새로 빚은 술에 손이 절로 기우네.

春雨

春愁無處避, 春雨幾時晴.

黯黯陰陰連月,**1** 蕭蕭滴到明.**2**

窗昏減書課, 弦緩咽琴聲.

何以娛幽獨,**3** 新醅手自傾.

【해제】

66세 때인 소희紹熙 원년1190 봄 산음山陰에서 쓴 것으로, 비 오는 봄
밤의 적막함과 외로움을 나타내고 있다. 총2수 중 제2수이다.

【주석】

1 黯黯(암암) : 빛이 어두운 모양.

2 蕭蕭(소소) : 물방울이 떨어지는 소리.

3 幽獨(유독) : 적막하고 고독하다.

【해설】

이 시에서는 봄비로 인해 시름이 생겨남을 말하고 오랫동안 내리는 비로 인해 시름 또한 그치지 않음을 탄식하고 있다. 이어 연일 어둑한 창과 습기에 느슨해진 현으로 인해 책도 읽지 못하고 거문고도 즐기지 못하는 아쉬움을 나타내며, 술을 통해 위안과 즐거움을 얻으려 하고 있다.

늙은이 있어

경호 가에 늙은이 있어

초가지붕에 서까래는 여덟아홉 개라네.

난간에 의지하니 만 리 가을이고

문 닫고 취한 채 세월을 보낸다네.

일신 밖 헛된 명성은 작게 여기고

가슴속 호탕한 기운은 온전하다네.

이내 몸은 내 자신이 판단하니

조물주는 아마도 권한이 없으리.

有叟

有叟鏡湖邊, 茅茨八九椽.¹

憑闌秋萬里,² 閉戶醉經年.

身外浮名小, 胸中浩氣全.

此身吾自判,³ 造物恐無權.

【해제】

67세 때인 소희紹熙 2년1191 가을 산음山陰에서 쓴 것으로, 세상 명리와 운명에 초탈한 심정을 나타내고 있다.

『검남시고』에서는 제7구의 '신身'이 '생生'으로 되어 있다.

1　茅茨(모자) : 띠풀로 엮은 지붕.

2　憑闌(빙란) : 난간에 의지하다. '란(闌)'은 '란(欄)'과 같다.

3　自判(자판) : 스스로 판단하다.

【해설】

이 시에서는 경호 가에 오두막집을 짓고 은거하며 세상 명리에 초탈한 채 살아가고 있는 모습을 나타내고, 자신의 삶은 주어진 운명에 따르는 것이 아니라 스스로 결정하는 것임을 말하고 있다.

6월 14일 가랑비에 매우 서늘해져

호수 위로 맑은 가을은 가까이 있고

방 안에 흰 태양은 기네.

구름이 오니 나무는 그림자를 거두고

비가 지나니 흙에서 향기 피어나며,

연꽃은 작아 붉은 옷이 젖었고

오이는 달아 푸른 옥이 청량하네.

저녁 되어 그윽한 흥 생겨나

의자 옮겨 네모난 연못 가까이하네.

六月十四日微雨極涼

湖上淸秋近, 齋中白日長.

雲來樹收影, 雨過土生香.

蓮小紅衣濕,[1] 瓜甘碧玉涼.[2]

晩來幽興動, 移榻近方塘.[3]

【해제】

68세 때인 소희紹熙 3년1192 여름 산음山陰에서 쓴 것으로, 여름날의 한가로운 정취를 노래하고 있다.

『검남시고』에서는 제7구의 '동動'이 '극極'으로 되어 있다.

1 紅衣(홍의) : 붉은 옷. 연꽃을 비유한 것이다.

2 碧玉(벽옥) : 푸른 옥. 오이를 비유한 것이다.

3 方塘(방당) : 방형의 연못.

【해설】

이 시에서는 호수 위로 한결 가까워진 가을과 방안의 아직 긴 태양을 대비하며 여름과 가을이 교차하는 시기임을 말하고, 시각과 후각 및 미각과 촉각 등을 활용하여 가랑비 지나간 늦여름의 경관을 섬세하게 묘사하고 있다.

밤비

차가운 비가 사흘 밤을 이어지니

은거한 채 서까래만 세고 있네.

집은 가난하여 절기 쇠는 것 가벼이 하고

몸은 늙어 해가 더하는 것이 겁이 나니,

세월은 슬픈 노래 속에 있고

관산은 눈물 흐르는 눈가에 있네.

매화는 절로 피고 시드니

누굴 위해 어여쁜 것인지 탄식하네.

夜雨

寒雨連三夕, 幽居只數椽.

家貧輕過節,**1** 身老怯增年.

日月悲歌裏, 關山淚眼邊.**2**

梅花自開落, 歎息爲誰妍.

【해제】

69세 때인 소희紹熙 4년1193 봄 산음山陰에서 쓴 것으로, 궁벽한 만년
의 서글픈 심정을 노래하고 있다. 총3수 중 제2수이다

1 過節(과절) : 절기를 쇠다. 절기에 따라 이를 기념하며 즐기는 것을 말한다.

2 關山(관산) : 변방 관새(關塞)의 산. 금(金)과 대치하고 있는 지역을 가리킨다.

【해설】

이 시에서는 사흘째 이어지는 비에 밖을 나가지도 못하고 집안에만
갇혀 있음을 말하고, 가난한 살림과 날로 늙어가는 자신을 한스러워하
고 있다. 이어 슬픔과 눈물로 세월을 보내며 관산을 그리워하고 있는
자신을 말하고, 절로 피고 지는 아름다운 매화를 바라보며 깊은 탄식
을 하고 있다.

번민이 심하여 쓰다

존귀함은 이미 비천함만 못하고

미침은 응당 어리석음보다 낫다네.

새로운 추위가 술을 압도하는 밤이요

가랑비에 꽃을 심는 때인데,

집 아래 등나무는 시렁이 되고

문 가 탱자나무로 울타리를 삼네.

늙은이 일과가 없어

흥이 있으면 바로 시를 쓴다네.

悶極有作

貴已不如賤, 狂應又勝癡.

新寒壓酒夜,**1** 微雨種花時.

堂下藤成架,**2** 門邊枳作籬.

老人無日課,**3** 有興卽題詩.

【해제】

70세 때인 소희紹熙 5년1194 가을 산음山陰에서 쓴 것으로, 생에 대한 번민과 스스로에 대한 위안이 나타나 있다.

1 壓酒(압주) : 술을 압도하다. 술로도 추위를 이겨낼 수 없는 것을 말한다.

2 架(가) : 시렁. 물건 등을 걸거나 올려놓는 도구.

3 日課(일과) : 매일 해야 하는 일.

【해설】

　이 시에서는 존귀한 것보다는 비천한 것이 낫고 미치는 것이 어리석은 것보다는 차라리 나음을 말하며 시골에 은거한 채 번민하며 살고 있는 자신을 위안하고 있다. 이어 가랑비 속에 술기운을 압도하는 한기가 느껴짐을 말하며 작고 소박한 자신의 거처를 묘사하고, 그나마 늙어 별다른 일과도 없어 마음에 느껴지는 감흥을 이내 시로 쓸 수 있음을 다행으로 여기고 있다.

늦봄의 여러 감흥

못 수면의 부평초는 막 보랏빛을 띠고

담장 위의 살구는 이미 파랗네.

아이 데리고 작은 배를 젓고

객 머물게 해 외로운 정자에 앉네.

관상에 제후의 뼈대는 없고

태어난 해는 주성에 해당하니,

반드시 만사를 버려두고

잠시라도 깨어 있게 해서는 안 되리.

春晚雜興

池面萍初紫, 牆頭杏已靑.

攜兒撑小艇,¹ 留客坐孤亭.

相法無侯骨,² 生年直酒星.³

正須遣萬事, 莫遣片時醒.⁴

【해제】

71세 때인 경원慶元 원년1195 봄 산음山陰에서 쓴 것으로, 봄의 감흥을 노래하며 자신이 술에 취해 있어야 하는 이유를 해학적으로 말하고 있다. 총6수 중 제3수이다.

【주석】

1 撐(탱) : 배를 젓다.

2 相法(상법) : 관상법(觀相法). 사람의 관상을 보고 길흉을 점치는 것을 가리
킨다.

   侯骨(후골) : 제후가 될 골격.

3 直(직) : 해당하다, 상당하다.

   酒星(주성) : 별 이름. '주기성(酒旗星)'이라고도 한다.

4 片時(편시) : 잠깐의 시간.

【해설】

이 시에서는 호수와 담장 위에 펼쳐진 봄의 경관을 묘사하고, 배를
타거나 객을 맞이하며 봄을 즐기고 있는 모습이 나타나 있다. 이어 자
신에게는 제후의 관상이 없고 태어난 해가 주성에 해당하니, 공명에
대한 마음을 버리고 늘 술에 취해 있어야 함을 말하고 있다.

내 자신에 대해 쓰다

두 무의 새로운 채소밭

세 간 옛 초가집.

병이 나아 몸은 약간 건강하고

가을이 가까워 밤이면 자못 서늘한데,

맑은 술에 때때로 깨고 취하며

흐트러진 책은 태반이 없어졌네.

늙은이의 마음을 늘 스스로 비웃으니

하는 일도 없어 홀연 슬퍼 아파하네.

自述

二畝新蔬圃,[1] 三間舊草堂.

病除身小健, 秋近夜微涼.

薄酒時醒醉,[2] 殘書半在亡.[3]

老懷常自笑, 無事忽悲傷.

【해제】

75세 때인 경원慶元 5년1199 가을 산음山陰에서 쓴 것으로, 하는 일도 없이 무료하게 지내고만 있는 일상을 탄식하고 있다. 총2수 중 제1수이다.

1 蔬圃(소포) : 채소밭.

2 薄酒(박주) : 도수가 낮은 맑은 술.

3 殘書(잔서) : 권질을 이루지 못하고 흐트러진 책.

【해설】

이 시에서는 작은 텃밭이 딸린 조그마한 집에 살며 잦은 병치레로
고생하고 있는 자신을 말하고, 늘 술에 취했다 깨기를 반복하며 서적
조차 가까이하지 않고 있는 삶을 나타내고 있다. 이어 늙어서도 북벌
의 희망을 여전히 품고 있는 자신을 자조하며, 마음만 있을 뿐 이를 이
루기 위한 아무런 일도 하지 않고 있는 것에 비통해하고 있다.

매실 익어가는 날

　논두둑은 옮겨져 막 두루 펼쳐져 있고

　매실 익어가는 날은 흐려 개지를 않네.

　옅은 음기에 차 싹 색은 어둡고

　넘치는 시냇물에 거문고 소리는 목이 메는데,

　때로 마름 핀 연못 가에 서 있다가

　다시금 사초 자란 오솔길 찾아 걸어가네.

　문 닫아 이 세상과는 끝내고

　다시 미래의 생을 맹세한다네.

梅天[1]

　稻疄移初遍, 梅天澀未晴.[2]

　輕陰昏茗色,[3] 餘潤咽琴聲.

　時傍菱塘立, 還尋莎徑行.[4]

　杜門終此世,[5] 更誓未來生.

【해제】

　71세 때인 경원慶元 원년1195 여름 산음山陰에서 쓴 것으로, 매우梅雨
가 내리는 날의 울적한 심사를 나타내고 있다.

　『검남시고』에서는 제6구의 '사莎'가 '사沙'로 되어 있다.

【주석】

1 梅天(매천) : 매실이 익어가는 날. 입하(立夏)를 지난 며칠 후부터 비가 많이 내리는 시기로, 우리의 장마철에 해당한다. 매실이 누렇게 익어가는 시기라 하여 '황매천(黃梅天)'이라고도 하며, 이때 내리는 비를 '매우(梅雨)'라고 부른다.

2 澁(삽) : 빛나지 않다. 날이 흐린 것을 가리킨다.

3 茗(명) : 차의 어린싹.

4 莎(사) : 사초(莎草). 바닷가 모래땅이나 황무지에 자라는 풀로, 뿌리는 향부자(香附子)라 하여 약재로 쓰인다.

5 杜門(두문) : 문을 닫다.

【해설】

이 시에서는 매우(梅雨)가 내리는 때를 맞아 새로 논두렁이 만들어지고 흐린 날이 연일 계속되고 있음을 말하고, 어둑한 차 싹의 색과 목이 메는 듯한 거문고 소리로 자신이 울적한 심사를 나타내고 있다. 이어 연못과 오솔길을 한가로이 거닐고 있는 자신을 말하고, 문 닫고 미래의 생에 대해 맹세하는 모습을 통해 현생에 대한 불만과 절망을 나타내고 있다.

홀로 있는 밤

등불 심지의 재는 날 차가워 절로 맺히고

눈 조각은 밤이 되어 바야흐로 깊어지네.

수척한 그림자가 꼿꼿이 앉은 모습과 나란히 있고

맑은 시름이 괴로운 읊조림에 들어오는데,

몸은 강호를 떠돌아다니고

병은 약물을 점점 더 필요로 하네.

옛 친구들은 다 죽어 사라졌으니

누가 이 마음을 알아주리?

獨夜

燈花寒自結,**1** 雪片夜方深.

瘦影參危坐,**2** 淸愁入苦吟.

江湖身汗漫,**3** 藥石病侵尋.**4**

朋舊凋零盡,**5** 何人識此心.

【해제】

79세 때인 가태嘉泰 3년1203 겨울 산음山陰에서 쓴 것으로, 오랜 병으로 인해 몸과 마음이 쇠약해져 있는 상황이 나타나 있다.

1 燈花(등화) : 등불 심지가 타고 남은 재.

2 參(삼) : 나란히 있다, 병립(竝立)하다.

   危坐(위좌) : 허리를 꼿꼿이 펴고 앉다.

3 汗漫(한만) : 떠돌아다니다.

4 侵尋(침심) : 점차 앞으로 나아가다. 점차 더 많은 약이 필요함을 말한다.

5 凋零(조령) : 시들어 떨어지다. 여기서는 죽어 사라진 것을 가리킨다.

【해설】

이 시에서는 눈 내리는 겨울밤 홀로 등불을 켜고 앉아 시름에 빠져 있는 자신을 말하고 있는데, 등불에 비친 수척한 그림자에서 그가 오랫동안 병중에 있었음을 짐작할 수 있다. 이어 몸은 자유로이 강호를 떠돌아다니고 있지만 병은 갈수록 깊어져 필요한 약물이 점차 늘어나고 있음을 탄식하며, 지금은 이미 죽어 사라져 버린 옛 친구들을 그리워하고 있다.

운문산의 여러 사찰을 노닐며

꽃 지나가니 나무 그늘은 합해지고

개울의 구름엔 저물녘 서늘함이 생겨나네.

소는 지나며 흰 물에 소리를 내고

해오라기 내려와 푸른 벼를 스치고 날아오르네.

오래된 사찰은 완연히 옛날과 같은데

어린 소나무는 무성해져 줄지어 있는 것이 그쳤네.

일흔의 늙은이 평상에서 내려오지 못해

아이 대신해 향을 사르네.

遊雲門諸蘭若[1]

花過木陰合,[2] 溪雲生暮涼.

牛行響白水, 鷺下點靑秧.[3]

古寺宛如昔,[4] 穉松森已行.[5]

耆年不下榻,[6] 童子爲燒香.

【해제】

70세 때인 소희紹熙 5년1194 봄 산음山陰에서 쓴 것으로, 운문산의 여러 사찰을 유람한 감회를 나타내고 있다.

『검남시고』에서는 제6구 다음에 "길가 소나무가 삼십 년이 되면 스님이 번번이 잘라내 버리고 다시 작은 것을 심었다. 내가 어릴 적부터 지금까지 이미 세 번 심는 것을 보았다_{道傍松, 及三十年則僧輒伐去, 復種小者. 予自幼歲至今, 已見三種矣}"라는 자주自注가 있다.

【주석】

1 雲門(운문) : 산 이름. 지금의 절강성 소흥시(紹興市) 남쪽 30리 정도에 있으며, 동진(東晉) 때 왕헌지(王獻之)가 안제(安帝)의 명을 받아 세운 운문사(雲門寺)를 비롯하여 현성사(顯聖寺). 옹희사(雍熙寺), 보제사(普濟寺), 명각사(名覺寺) 등의 사찰이 있다.

  蘭若(난야) : 사찰. 범어 '아란야(阿蘭若)'의 약칭으로, 청정하고 고뇌와 번민이 없는 곳을 의미한다.

2 木陰合(목음합) : 나무 그늘이 합해지다. 잎이 무성해져 그늘의 빈틈이 없는 것을 말한다.

3 點(점) : 표면을 한 번 스치고 날아오르다.

4 如昔(여석) : 옛날과 같다. 육유는 젊었을 때 잠시 운문사에 초당을 짓고 거주했었는데, 이때를 가리킨다.

5 已行(이항) : 열 지어 있기를 그치다. 이미 자라서 베어 없어져 버린 것을 말한다.

6 耆年(기년) : 70세의 나이 또는 70세의 노인.

【해설】

이 시에서는 꽃이 진 후 나무 그늘이 짙어지고 저녁 무렵에는 아직 한기가 느껴지는 운문산의 봄을 말하고, 산에서 바라본 들과 논의 경관을 묘사하고 있다. 이어 운문사의 모습은 옛날과 변함이 없지만 길가의 어린 소나무들은 이미 자라서 베어 없어져 버렸음을 말하며 오랜 시간의 흐름을 실감하고, 이제는 운신이 자유롭지 않은 70세 노인이 되어 불전에 향을 올리는 것조차 아이가 대신해 주고 있음을 말하고 있다.

오언절구五言絶句

영 상인의 섬계 그림에 쓰다

천지에 다시 가을바람이 부니

계곡과 산은 섬 땅을 생각하네.

외로운 배 다행히 한가로이 붙어 있어

지둔 스님을 찾아가도록 나에게 빌려주네.

題瑩上人剡溪畫¹

天地又秋風, 溪山憶剡中.²

孤舟幸閑着,³ 借我訪支公.⁴

【해제】

68세 때인 소희紹熙 3년1192 봄 산음山陰에서 쓴 것으로, 영 상인의 섬계 그림을 본 감흥을 나타내고 있다.

『검남시고』에서는 제목이 「영 상인의 두 그림에 쓰다題瑩上人二畫」로 되어 있으며 총2수 중 제1수이다. 제1수에서는 섬계剡溪를 노래하였으며, 제2수에서는 오강吳江을 노래하였다.

1 瑩上人(영상인) : 영씨(瑩氏) 성의 승려. 자세한 행적은 알려져 있지 않다. '상
   인(上人)'은 승려의 존칭이다.

   剡溪(섬계) : 물 이름. 조아강(曹娥江)의 상류로, 지금의 절강성 승현(嵊縣)
   서남쪽에 있다.

2 剡(섬) : 옛 현(縣) 이름. 지금의 절강성 승현(嵊縣) 서남쪽 지역이다.

3 閑着(한착) : 한가로이 붙어 있다. 그림 속에 그려져 있는 것을 말한다.

4 支公(지공) : 지둔(支遁). 동진(東晋)의 승려로, 자가 도림(道林)이며 속성은
   관(關)씨이다. 일찍이 여항산에서 도행을 닦으며 수행하였고 후에 섬산(剡
   山)에 은거하였다.

【해설】

이 시에서는 가을이 되어 모든 계곡과 산이 섬 땅을 생각한다고 말
함으로써 영 상인이 그린 섬계의 가을 풍광이 빼어나게 아름다움을 말
하고 있다. 이어 그림 속에 있는 배를 빌려 타고 섬계에 은거했던 지둔
스님을 방문하는 상상을 하고 있다.

길가의 노래

차가운 밥에는 모래와 자갈이 섞이고

짧은 털옷은 서리와 이슬로 덮였네.

누런 잎은 산속 역참에 가득한데

지나는 사람은 나귀 타고 가네.

큰 길이 남북으로 뻗어 있고

수레바퀴는 멈추는 날이 없네.

저들은 어찌 모두 뛰어난 재능을 지녔는지?

나 홀로 굶주리며 저녁에 이르네.

路傍曲

其一

冷飯雜沙礫,**1** 短褐蒙霜露.

黃葉滿山郵,**2** 行人跨驢去.

其二

大道南北去, 車輪無停日.

彼豈皆奇才,**3** 我獨飢至夕.

　71세 때인 경원慶元 원년1195 여름 산음山陰에서 쓴 것으로, 길가 걸인의 비참한 삶을 묘사하며 그에 대한 동정과 연민을 나타내고 있다.

　『검남시고』에서는 제2수 제1구의 '거去'가 '출出'로 되어 있다. 총3수 중 제1·2수이다.

【주석】

　1　沙礫(사력) : 모래와 자갈.

　2　山郵(산우) : 산에 있는 역참(驛站).

　3　奇才(기재) : 뛰어난 재주나 능력.

【해설】

　제1수에서는 길가에서 지내며 흙먼지가 섞인 밥을 먹고 짧은 털옷만을 걸치고 있는 걸인의 모습을 묘사하며, 나귀 타고 단풍이 물든 아름다운 역참을 지나가는 귀인들과 대비하고 있다.

　제2수에서는 남북으로 뻗은 큰길 위로 끊임없이 수레가 지나가는 모습을 묘사하고, 저녁이 되도록 굶은 걸인이 이를 바라보며 세상을 탄식하고 있는 모습을 나타내고 있다.